BOOKS BY FRANCE DUBIN

- Merde, It's Not Easy to Learn French
- Merde, French is Hard… but Fun!
- Merde, I'm in Paris!
- Petit déjeuner à Paris
- Déjeuner à Paris
- Dîner à Paris
- Une famille compliquée
- Meurtre rue Saint-Jacques
- Meurtre avenue des Champs-Élysées
- Meurtre à Montmartre
- Meurtre au château
- Meurtre à Noël

Visit her author page at francedubin.com.

MEURTRE AU CHÂTEAU

A MURDER MYSTERY IN EASY FRENCH

PETITS MEURTRES FRANÇAIS

FRANCE DUBIN

ISBN: 978-1-960003-04-1 (paperback)
978-1-960003-05-8 (e-book)

20230618

ACKNOWLEDGMENTS

Je voudrais remercier mon mari Joe Dubin, Christophe Blond, Stewart Cook, Geri LaJoie, et tous mes étudiants.

INTRODUCTION

I hope you enjoy this book! I also recommend the companion audiobook version so you can learn how to pronounce this beautiful language correctly. For information on where to buy the audiobook, visit my website at francedubin.com. Merci beaucoup et bonne lecture !

France Dubin

francedubinauthor@gmail.com
facebook.com/FranceDubinAuthor
Instagram: @books.in.easy.french

MEURTRE AU CHÂTEAU

CHAPITRE 1

Je suis à la bibliothèque depuis 9 heures du matin. Je n'ai pas eu le temps de prendre mon petit déjeuner avant de partir travailler et j'ai faim.

Une jeune femme pose devant moi deux livres et sa carte de bibliothèque. Elle est jeune. Elle a peut-être vingt ans. Elle porte un t-shirt noir et ses bras sont couverts de tatouages.

— Pendant combien de temps est-ce que je peux emprunter ces livres ? me demande-t-elle.

— Vous pouvez les emprunter pendant cinq semaines.

Elle me sourit.

Je lis les titres des deux livres. Ce sont deux livres de recettes : *Les meilleures recettes de La Nouvelle Orléans* et *Recettes traditionnelles du Québec.*

Mon ventre se met à chanter. J'ai vraiment faim.

— Vous aimez cuisiner ? je lui demande.

— J'adore ça, dit-elle.

Je lui redonne ses livres et sa carte.

Elle me remercie. Elle met ses livres dans son sac à dos et sort de la bibliothèque.

Après cette jeune femme, c'est un homme qui pose trois livres devant moi. Cet homme doit avoir soixante-dix ans environ. Il est très grand et fin. Ses cheveux sont blancs et coupés court. Il porte des lunettes de lecture sur le bout de son nez.

— Vous avez votre carte de bibliothèque ? je lui demande.

— Bien sûr, répond-il.

Pendant qu'il cherche sa carte dans son portefeuille, je regarde les livres qu'il veut emprunter.

Je lis les titres : *La vie au château de Versailles*, *Les plus beaux châteaux de la Loire* et *Les châteaux extraordinaires de France.*

— Ces livres sont très intéressants, je lui dis.

Ma supérieure, madame Blinkers, m'a demandé de parler un peu avec les personnes qui empruntent des livres à la bibliothèque.

— Alice, vous devez être plus sympathique et plus souriante, me dit-elle souvent. Vous devez poser des questions et vous intéresser à la vie des personnes qui lisent encore des livres papier ! Il faut qu'ils se sentent chez eux à la bibliothèque.

Je pense qu'elle a peur de voir notre bibliothèque disparaître. De plus en plus de personnes empruntent des livres électroniques directement sur le site internet.

— Vous aimez les châteaux ? je lui demande.

— Oui, beaucoup. Je voudrais acheter un château en France, me dit-il.

— Acheter un château en France ?? Je répète. C'est fou !

Je vois passer beaucoup de personnes originales à la bibliothèque. Des personnes originales et parfois même un peu folles...

EXERCICE DU CHAPITRE 1

Alice travaille dans une bibliothèque. Elle a de la chance. Elle peut lire beaucoup de livres intéressants. Pouvez-vous trouver la traduction correcte de ces mots ?

1. un marque-page
a) a short story
b) a book club
c) a book mark

2. un bouquin (familier)
a) a book
b) a boring book
c) a super boring book

3. emprunter
a) to loan
b) to borrow
c) to sleep soundly on a book

4. une nouvelle
a) a short story
b) a novel
c) a book mark

5. lire en diagonale

a) to skim, to read quickly and superficially

b) to read and remember nothing

c) to stop reading because it's already happy hour

CHAPITRE 2

— J'ai une passion pour les châteaux, ajoute l'homme devant moi, et particulièrement les châteaux français.

— Je vous comprends. Ils sont très beaux !

— Depuis que je suis un enfant, dit-il, mon rêve est d'être propriétaire d'un château en France.

Acheter un château en France et pourquoi pas la tour Eiffel aussi ! Bien sûr, je ne dis rien. Ce n'est pas mon rôle de détruire ses rêves et ses illusions.

Je passe sa carte de bibliothèque sous le petit scanneur à droite de mon ordinateur. Le scanneur lit le code-barres et immédiatement après, un texte sur l'écran de mon ordinateur apparaît en rouge. Cet homme a des livres en retard !

Je lis rapidement le texte devant moi. Mon sourire disparaît et je regarde l'homme sévèrement. Je déteste les personnes qui rendent leurs livres en retard.

— Monsieur, vous avez deux livres en retard.

— Vraiment ? me demande-t-il surpris.

— Et vous devez 16 dollars à la bibliothèque.

Cet homme veut acheter un château en France. Il devrait commencer par payer ce qu'il doit à la bibliothèque !

— J'ai dû oublier ces livres dans mon appartement de Manhattan. Je passe tous les étés à New York. Il fait trop chaud au Texas. Pouvez-vous me donner les titres des livres en retard, s'il vous plaît madame.

— Attendez un instant. Je vais regarder.

Pendant que je pianote sur le clavier de mon ordinateur, l'homme sort un billet de 20 dollars de son portefeuille.

Bien sûr, mon ordinateur décide de se mettre en grève à ce moment-là. J'appuie sur les touches de mon clavier, mais il ne se passe rien. Mon clavier ne répond plus. La ville de Houston doit vraiment augmenter le budget des bibliothèques !

Pendant que j'essaie de réanimer mon ordinateur, l'homme fait des exercices d'assouplissement et d'étirement devant moi. Les mains au ciel...Les mains derrière le dos... Cet homme est fou, c'est certain !

Après quelques secondes, l'écran de mon ordinateur affiche enfin les titres des livres en retard. Je commence à les lire à haute voix.

— Voilà, les livres en retard sont : *Prendre sa retraite en France* et *Être propriétaire en France*.

Décidément, il y a un thème dans les livres que cet homme aime lire.

EXERCICE DU CHAPITRE 2

La ville de Houston doit augmenter le budget pour les bibliothèques. Avec plus d'argent, les bibliothèques vont pouvoir acheter de **nouveaux** ordinateurs.

Alice a des difficultés à travailler avec son **vieil** ordinateur.

Finir les phrases suivantes avec l'adjectif correctement écrit. Et si vous avez le temps, vous pouvez traduire les phrases.

1. Les livres sont _______________ . (intéressant)

2. La bibliothèque est __________ tous les jours sauf le dimanche. (ouvert)

3. Tous les soirs, je lis un __________ livre avant de me coucher. (bon)

4. Les ordinateurs de la bibliothèque sont __________ et __________ . (vieux, lent)

5. Alice aime les __________ bouquins. (bon)

6. Tu préfères lire des romans __________ ou des nouvelles __________ ? (français)

CHAPITRE 3

Sur la carte de bibliothèque, je lis monsieur Robert Mapp. Je la lui donne. Il remet la carte dans son portefeuille.

— Est-ce que le livre : *Prendre sa retraite en France* est intéressant ? je lui demande.

— J'ai trouvé dans ce livre beaucoup d'informations utiles.

— Vous voyagez souvent en France, monsieur ?

— Assez souvent. D'ailleurs, ma femme Tina et moi partons bientôt pour la France.

— Vraiment ? Vous partez combien de temps ?

— Nous partons pour une semaine.

— Vous parlez français ?

— Un peu. Pas très bien. C'est ma fille qui a étudié le français à l'université qui va nous aider.

Je peux sentir les yeux de ma supérieure, madame Blinkers, plantés dans mon dos comme des couteaux. Elle pense que je parle trop longtemps avec cet homme. Je peux l'imaginer me dire : Alice, je ne vous ai pas demandé de parler pendant une heure avec chaque personne.

Ce n'est pas grave. Je continue à parler avec ce monsieur, car le sujet m'intéresse. J'aime tout ce qui touche à la France. Et j'aimerais moi aussi passer ma retraite en France.

— Où allez-vous exactement en France ? je lui demande avec une voix un peu plus aiguë que ma voix normale.

J'ai la mauvaise habitude d'avoir la voix qui devient aiguë quand je suis jalouse.

— Nous allons dans la région de la Loire-Atlantique. Nous partons spécialement pour visiter un château à côté de la ville de Nantes.

— Vraiment !? je dis avec une voix de mezzo-soprano.

— J'ai trouvé un château du quinzième siècle à vendre. Le propriétaire nous a invités quelques jours pour nous aider à prendre une décision.

— Vous avez trouvé un château du quinzième siècle !? je répète avec une voix de castrat.

— Sans problème. Vous savez, il y a environ 45 000 châteaux en France, et beaucoup sont à vendre car leurs propriétaires ne peuvent plus payer toutes les rénovations nécessaires. Ces châteaux ne sont pas très chers. Par exemple, celui qui nous intéresse est en vente pour seulement 2 378 597 euros.

Je pense que cet homme doit soit avoir beaucoup d'argent, soit être complètement fou.

Je commence à rêver. Si j'avais deux ou trois millions, je ...

— ALICE HUNT !!! ALICE HUNT !!!

La voix de Janet Blinkers me fait retomber sur terre. Une queue s'est formée devant mon bureau. Il y a maintenant huit personnes qui attendent.

L'homme me donne le billet de 20 dollars.

— C'est pour payer les livres en retard. C'est 16 dollars n'est-ce pas ?

— C'est exact. Vous souhaitez faire une donation de quatre dollars à la bibliothèque ? je lui demande.

— Non, répond-il. Pas aujourd'hui.

Cet homme est radin. Je lui redonne quatre dollars et les trois livres qu'il souhaite emprunter aujourd'hui.

Il me remercie.

Et avant de le voir sortir par les portes automatiques de la bibliothèque, je lui crie :

— Je parle français, vous savez. Si votre fille ne peut pas vous accompagner, je serais contente de le faire.

— C'est d'accord. Je penserai à vous, dit-il avant de disparaître.

Mais pourquoi est-ce que j'ai dit cela ? Je ne connais cet homme que depuis 10 minutes !

EXERCICE DU CHAPITRE 3

Dans ce chapitre, Alice rencontre un homme qui va partir en France pour acheter un château.

Devinez les cinq mots grâce à ces définitions.

Quand on arrête de travailler, on prend sa ... ?

_ _ _ _ _ _ _ _

Elle contient 7 jours. C'est une... ?

_ _ _ _ _ _ _

Un homme qui n'aime pas dépenser son argent, c'est un... ?

_ _ _ _ _

L'épouse du roi, c'est la... ?

_ _ _ _ _

Dire les choses deux fois, c'est... ?

_ _ _ _ _ _ _

CHAPITRE 4

QUELQUES SEMAINES AVANT NOTRE DÉPART POUR LA FRANCE

Monsieur Mapp est revenu à la bibliothèque. Il a posé ses livres devant moi. J'ai reconnu tout de suite les trois livres : *La vie au château de Versailles, Les plus beaux châteaux de la Loire* et *Les châteaux extraordinaires de France*.

— Ma fille a eu un accident sur les pistes de ski à Aspen au Colorado. Elle s'est cassé le pied. Elle ne peut plus venir avec nous en France.

— Quel dommage, j'ai dit.

— Ma femme et moi cherchons une personne qui parle français pour nous accompagner.

J'ai fait de mon mieux pour rester calme. J'ai scanné ses livres un à un avec le détachement d'une bibliothécaire blasée.

— Vous cherchez une personne qui parle français pour vous accompagner ? j'ai répété. Cela va être très difficile de trouver quelqu'un à la dernière minute.

— Je sais, il a dit tristement.

— Peut-être qu'il serait plus facile d'attendre. Quand votre fille sera debout sur ses deux pieds, elle sera capable de vous accompagner.

— Impossible. Nous avons assez attendu. Le propriétaire du château nous a envoyé un email hier. Il nous a écrit qu'une famille chinoise était sérieusement intéressée par le château ainsi qu'une famille russe. Nous avons décidé de partir la semaine prochaine. Nous ne voulons pas que le château nous passe sous le nez.

Sans m'en rendre compte, j'ai caressé la couverture du livre sur les châteaux de la Loire.

— Est-ce que vous accepteriez de venir avec nous ? me demande-t-il. Avec votre expérience de bibliothécaire, vous pourriez faire des recherches sur l'histoire du château.

— Je ne sais pas quoi dire...

— Toutes vos dépenses seront payées : le billet d'avion, le transport, la nourriture...

— Laissez-moi réfléchir...

J'avais un peu peur de partir avec des inconnus, mais c'était l'occasion rêvée. Dans ma tête, j'ai fait le compte de mes jours de vacances. Il me restait peut-être cinq jours disponibles.

— Ma femme Tina serait très contente si vous veniez avec nous. S'il vous plaît, dites oui.

— Je suis d'accord pour vous accompagner, mais...

— Fantastique !

— Mais il faut que ma supérieure, madame Blinkers, autorise mon voyage.

— Je me charge de votre supérieure, dit-il.

Je lui ai montré ma supérieure, madame Blinkers. Elle sortait des toilettes. Il s'est approché d'elle lentement.

Je les ai observés de loin en croisant les doigts.

Madame Blinkers a fait non de la tête plusieurs fois. Elle a mis aussi les mains sur ses hanches. Bref, c'était clair. Elle refusait catégoriquement de me laisser partir.

Ensuite, j'ai vu monsieur Mapp chercher dans la poche de sa veste. Il a sorti son carnet de chèques.

Quelques instants plus tard, il a donné un chèque à madame Blinkers.

Madame Blinkers l'a lu. Elle a souri et elle a serré la main de monsieur Mapp.

C'est comme cela que monsieur Mapp est devenu cette année-là l'un des plus importants donateurs de la bibliothèque et que j'ai pu partir en France !

EXERCICE DU CHAPITRE 4

Monsieur Mapp propose à Alice de venir en France. Alice est d'accord. Elle accepte d'accompagner monsieur et madame Mapp. Alice est joyeuse, satisfaite et ravie !

Dans ces listes, trouvez l'adjectif qui n'est pas synonyme des autres adjectifs :

1) content / heureux / satisfait / anxieux

2) calme / étonné / serein / tranquille

3) méchant / hostile / poli / haineux

4) passionné / ennuyeux / enthousiaste / exalté

5) triste / malheureux / misérable / coupable

CHAPITRE 5

Pourquoi est-ce que j'ai accepté d'accompagner monsieur et madame Mapp en France ? Je ne les connais même pas. Ce sont peut-être des criminels, des escrocs ou des voleurs ! Je pense que j'ai peut-être accepté leur invitation un peu trop rapidement.

Chez moi, sur mon ordinateur, j'ai fait quelques recherches sur monsieur Robert Mapp et madame Tina Mapp.

Voici ce que j'ai trouvé sur monsieur Mapp :

Monsieur Mapp a 72 ans. Il est le fondateur de la société Lomatec, une société pharmaceutique spécialisée dans les médicaments contre le diabète, le cholestérol, l'asthme, l'hypertension, l'arthrite et les maladies sexuellement transmissibles. Monsieur Mapp est à la retraite, mais il reste au conseil d'administration de la Lomatec.

Monsieur Robert Mapp a créé une association à but non lucratif pour aider les arts à Houston. C'est un donateur important des opéras de Dallas, Austin et Houston.

Monsieur Mapp est propriétaire d'une maison de 7000 pieds carrés à Houston et d'un appartement de 3000 pieds carrés à Manhattan. Sa maison au Texas a une valeur de 8 millions de dollars et son appartement new-yorkais est estimé à environ 7 millions. Monsieur Mapp conduit un pickup-truck électrique. Sur la plaque d'immatriculation du véhicule, on peut lire : DRUG RICH.

(Note pour moi-même : malgré ses dollars, Robert Mapp continue à emprunter des livres à la bibliothèque. Il doit être avare.)

Les passe-temps de monsieur Mapp sont la danse de tango et le jeu de dominos.

Monsieur Mapp a été marié trois fois. Ses deux premiers mariages ont duré moins de deux ans.

En 2011, monsieur Mapp a rencontré madame Tina Pills. Et ils se sont mariés en 2012. Tina est donc la troisième femme de Robert.

Voici ce que j'ai trouvé sur madame Mapp :

Tina Mapp a 53 ans. Elle était professeure de tango mais a arrêté après son mariage avec Robert Mapp. Aujourd'hui Tina est une influenceuse sur Instagram. Elle a plus de 12 000 abonnés sur son compte. Elle poste beaucoup de photos de voyages. Sur son dernier post, elle prend la pose devant les chutes du Niagara.

Tina Mapp conduit une Maserati rouge. Sur la plaque d'immatriculation de cette voiture, on peut lire : DRUG BTCH.

Les passe-temps préférés de madame Mapp sont la natation et le tricot. Elle fait aussi du volontariat pour la défense des animaux et la protection de l'Amazonie.

Je ne sais pas trop quoi penser de monsieur et madame Mapp...

Hier, j'ai reçu un billet d'avion Houston-Paris, un billet de train Paris-Nantes et une petite lettre me remerciant de participer à ce voyage.

Je dois faire ma valise bientôt. Je me demande quels vêtements porte-t-on dans un château. Est-ce que je dois emporter une robe de soirée ? Et pourquoi pas ? Je vais voir si je trouve une robe de soirée sympa et pas chère dans le magasin de fripes à côté de chez moi.

EXERCICE DU CHAPITRE 5

Dans ce chapitre, on apprend à mieux connaître monsieur et madame Mapp. Par exemple, madame Mapp a un compte Instagram et monsieur Mapp adore jouer aux dominos.

Et vous ? Vous aimez jouer aux dominos ?

Connaissez-vous les réponses à ces cinq questions concernant les dominos ?

1. Quel est le pays à l'origine du jeu de dominos ?
a. La Pologne
b. Le Portugal
c. La Chine

2. Combien y a-t-il de pièces dans un jeu de dominos ?
a. 48
b. 38
c. 28

3. Combien de pièces est-ce qu'un joueur possède au début du jeu de dominos ?
a. 6
b. 7
c. 8

4. Quelle est l'origine du mot « domino » ?
a. L'habit des religieux dominicains (robe blanche et cape noire)
b. Les restaurants Domino's Pizza
c. Un garçon appelé Domi à qui sa mère disait souvent No

5. Les dominos ont servi d'inspiration pour créer ... ?
a. Le braille
b. Les chaussettes à pois
c. Le rond-point

CHAPITRE 6

Notre avion atterrit à l'aéroport de Roissy-Charles de Gaulle à 7 heures 45 du matin. Nous passons ensuite la douane sans problème. Et nous suivons les panneaux pour la gare.

À 11 heures, nous montons dans le TGV 3591 en direction de Nantes. Nous avons les sièges 571, 572 et 573, voiture 11.

Bercé par les mouvements du train, monsieur Mapp s'endort immédiatement.

Madame Mapp le regarde avec tendresse.

— Qu'est-ce qu'il est calme et paisible quand il dort. J'adore le regarder dormir. Bob ressemble à un bébé. Vous ne trouvez pas ? Il est trop mignon.

Je jette un coup d'œil sur son mari. Il ronfle. Sa tête est appuyée contre un petit coussin de voyage. Un filet de bave sort de sa bouche.

— C'est vrai, il est très mignon, je dis avec une pointe d'ironie dans la voix.

— Quand on le regarde dormir comme cela, dit-elle, c'est difficile d'imaginer qu'il peut être un homme coléreux et prêt à tout pour avoir ce qu'il veut.

Les yeux de Tina Mapp sont bleus, presque verts. C'est une femme très élégante. Elle porte un pantalon noir et une chemise beige sans manches. Je remarque ses bras musclés par des années de natation, de tango et de tricot.

— Ce que Bob veut, Bob a, ajoute-t-elle.

Madame Mapp sort un téléphone de son sac et commence à prendre des photos par la fenêtre du train. Le train traverse un paysage de campagne. Au loin, on aperçoit des vaches et une vieille ferme.

— Alice, je voudrais vous remercier, dit-elle cachée derrière son téléphone. C'est vraiment très gentil à vous de nous accompagner au cours de ce voyage.

— Tout le plaisir est pour moi, madame Mapp.

— Appelez-moi Tina, je vous prie.

Tina Mapp prend maintenant des photos de l'intérieur du train : les sièges, les appuie-têtes et même le chewing-gum collé sous son accoudoir.

— Mes abonnés adorent mes photos de voyages. Ils ont l'impression de voyager avec moi.

— Vraiment ? je dis surprise.

Je ne suis pas intéressée par ses photos ni par ses abonnés, mais je veux rester polie.

— Comment s'appelle votre compte Instagram ?

— Mon compte Insta s'appelle @LoveTinaMapp tout simplement. J'ai...

Elle ouvre l'application sur son téléphone.

— J'ai maintenant 12 341 abonnés... Attendez... non 12 338...

Il faut croire que les photos du chewing-gum ne plaisent pas à tout le monde.

Tina Mapp continue à mitrailler avec son appareil photo. Je peux voir l'énorme diamant à son annulaire se refléter dans la fenêtre sale du train.

EXERCICE DU CHAPITRE 6

Tina Mapp trouve son mari très mignon quand il dort. Pouvez-vous conjuguer le verbe « dormir » au présent, au passé composé et au futur ?

Présent

je ____________________

tu ____________________

il, elle ________________

nous __________________

vous __________________

ils, elles ______________

Passé composé

je ____________________

tu ____________________

il, elle ________________

nous __________________

vous ________________

ils, elles ______________

Futur

je __________________

tu __________________

il, elle ________________

nous ________________

vous ________________

ils, elles ______________

CHAPITRE 7

Tina Mapp pose amoureusement une petite couverture bleue sur les jambes de son mari. Il pousse un petit grognement de contentement et se rendort immédiatement.

Je reconnais la couverture. C'est celle qui a été distribuée dans l'avion pendant le vol Houston-Paris.

— Je ne peux pas m'empêcher de voler ces petites couvertures bleues, dit-elle. Elles sont si pratiques. J'en ai une douzaine à la maison.

Devant mon silence, elle continue :

— Je peux les prendre, n'est-ce pas ? Les voyages en avion coûtent si cher. Ce n'est pas moi la voleuse, ce sont les compagnies aériennes !

Par la fenêtre, je remarque que le paysage a changé. Au début, le paysage était plat et monotone, mais maintenant il est plus vallonné.

— Vous connaissez Nantes ? me demande-t-elle.

— Non, pas du tout. C'est la première fois que j'y vais.

— Quelles villes avez-vous visitées en France ?

— J'ai seulement visité Paris. Je suis amoureuse de Paris. Pour moi, c'est la plus belle ville du monde.

Je ne remarque pas tout de suite qu'un homme est debout à côté de mon siège.

— Contrôle des billets, s'il vous plaît ! nous dit-il d'une voix forte.

Tina et moi sursautons de surprise. Sur la tête, cet homme porte une casquette sur laquelle on peut lire les lettres : SNCF.

Je cherche dans mon sac et lui donne mon billet de train. Tina sort aussi de son sac son billet et celui de son mari. Le contrôleur scanne le QR code imprimé sur chaque billet.

— Vous avez la carte de réduction de monsieur Mapp ? demande le contrôleur.

— Une minute, répond-elle en cherchant encore dans son sac.

Parce que Robert Mapp a plus de 60 ans, il peut sûrement bénéficier d'une réduction dans les transports en commun.

— Merci, mesdames, nous dit le contrôleur avant de partir contrôler les autres voyageurs du wagon.

Tina Mapp et moi restons silencieuses pendant le reste du voyage.

Madame Mapp continue à prendre des centaines de photos. Et pendant ce temps, je regarde le paysage défiler à plus de 290 kilomètres à l'heure.

EXERCICE DU CHAPITRE 7

Dans ce chapitre, Alice, monsieur et madame Mapp prennent le train. Un contrôleur arrive et contrôle leurs billets.

Le nom : Le contrôleur
Le verbe : contrôler

Trouver le verbe qui correspond aux noms suivants :

Le nom : le cuisinier
Le verbe :

Le nom : le jardinier
Le verbe :

Le nom : le sculpteur
Le verbe :

Le nom : le peintre
Le verbe :

Le nom : le bricoleur
Le verbe :

CHAPITRE 8

— Nous arrivons en gare de Nantes, dit le contrôleur. Terminus. Tout le monde descend. Je répète. Nous arrivons en gare de Nantes. Terminus. Tout le monde descend. Vérifiez que vous n'avez rien oublié à bord du train.

Madame Mapp tape doucement sur le genou de son mari.

— Chéri, réveille-toi. Nous sommes arrivés.

Monsieur Mapp ouvre un œil puis l'autre. Il bâille en se grattant la tête.

— J'ai bien dormi. Où sommes-nous ?

— Nous sommes à Nantes. Un chauffeur de taxi doit nous attendre dans la gare, dit madame Mapp. Le château se trouve à une heure en voiture de la gare de Nantes.

Nous sortons du train en traînant nos valises. Je suis très fatiguée. Je n'ai presque pas dormi depuis notre départ de Houston.

Dans la gare un homme tient un petit carton sur lequel est écrit : monsieur et madame Mapp. Il porte une veste, une casquette et une cravate. Il a l'air très professionnel.

Nous nous approchons de lui. Il nous regarde en souriant.

— Monsieur et madame Mapp ?

— Bonjour, je lui dis. Je suis madame Alice Hunt. J'accompagne monsieur et madame Mapp.

— Bienvenue à Nantes, nous dit-il. Vous avez fait un bon voyage ?

— Nous avons fait un très bon voyage, je réponds.

L'homme prend la valise de madame Mapp et il nous fait signe de le suivre. Nous sortons de la gare. Nous marchons vers un petit parking où une demi-douzaine de voitures sont garées. Il pleut un peu. Le ciel est gris.

L'homme s'arrête devant une voiture blanche de la marque Peugeot. Il ouvre la porte arrière pour laisser entrer madame Mapp, puis fait le tour de la voiture pour me permettre d'entrer dans le véhicule. Il ouvre ensuite la porte avant de la voiture pour monsieur Mapp.

Enfin, le chauffeur met nos trois valises dans le coffre et il s'installe au volant.

— C'est parti mon kiki, dit-il en démarrant la voiture.

Je remarque qu'il ne nous a pas demandé de confirmer l'adresse de destination. Je trouve cela un peu bizarre, mais je suis si fatiguée que je n'y pense pas très longtemps.

— Vous habitez au Texas ? demande-t-il.

— Oui, nous habitons à Houston au Texas, je réponds.

À côté du chauffeur, je peux voir monsieur Mapp. Il s'est endormi immédiatement, bercé par les mouvements de la voiture. Quelle chance !

EXERCICE DU CHAPITRE 8

La voiture du chauffeur de taxi est de la marque Peugeot. Peugeot est une marque de voitures françaises.

Voici quatre questions sur les voitures françaises. Connaissez-vous les réponses ?

1. Parmi ces marques de voitures, laquelle n'est pas française ?
a. Renault
b. Citroën
c. Fiat

2. Quel est le logo de la marque Peugeot ?
a. Un coq
b. Un lion
c. Un lapin
d. Une tortue

3. Parmi ces 5 mots, lequel ne fait pas partie du vocabulaire de la voiture ?
a.Un volant
b. Un pare-brise
c. Un coffre
d. Un phare
e. Un bouquin

4. Peugeot est célèbre pour ses voitures, mais aussi...

a. pour ses chaussettes

b. pour ses moulins à poivre

c. pour ses croissants

CHAPITRE 9

— Est-ce qu'il y a des choses à visiter à côté du château ? je demande au chauffeur.

— Non, dit-il. C'est un coin très calme.

— Le château est-il isolé ?

— Le château est très, très isolé, répond le chauffeur.

À ce moment-là, nous prenons une route étroite à travers une forêt sombre.

— Il n'y a personne ici. C'est l'endroit idéal pour un laboratoire de méthamphétamines, me dit madame Mapp en riant.

Je ris avec elle mais en vérité, je suis un peu inquiète.

Et si monsieur et madame Mapp étaient à la tête d'un réseau de drogue ? Monsieur Mapp travaille dans le milieu pharmaceutique. Cela serait un jeu d'enfant pour lui de commencer ce type d'entreprise. Je vais les garder à l'œil !

Je regarde par la fenêtre. Nous traversons maintenant des champs de tournesols. La pluie s'est arrêtée. Il y a un beau soleil dehors et le ciel est bleu.

Après plus d'une heure de route et 186 ronds-points, j'ai mal au cœur et j'ai envie d'aller aux toilettes.

— Nous arrivons bientôt ? je demande au chauffeur.

— Nous allons arriver dans une minute, dit-il. Regardez...

En effet, nous passons par un énorme portail en fer. La voiture roule doucement sur une petite route privée bordée de platanes. Et après quelques minutes, nous voici devant le château.

— Bienvenue au château ! nous dit le chauffeur.

Nous sortons de la voiture. Madame Mapp met ses lunettes de soleil. Monsieur Mapp, qui est maintenant réveillé, se masse le bas du dos.

— C'est trop beau, crie-t-elle en sortant le téléphone de son sac. Regarde, Bob !

Mais Bob ne l'entend pas. Il est en train de faire quelques exercices d'assouplissement. Le pauvre mesure plus de deux mètres. Entre l'avion, le train et la voiture, il a besoin de bouger un peu.

— Suivez-moi, dit le chauffeur. Je vous apporterai vos valises plus tard.

Nous suivons le chauffeur. Nous montons quelques marches en pierre. Il ouvre une grande porte en bois. Nous entrons. Nous restons tous les trois muets. C'est si beau que j'en oublie ma vessie.

— Superbe, dit monsieur Mapp en regardant autour de lui.

— Fantastique, ajoute madame Mapp.

Le chauffeur enlève alors sa veste, sa casquette et sa cravate. Il les accroche sur le portemanteau dans l'entrée et se tourne vers nous.

— Bienvenue au château, dit-il une deuxième fois. Je suis monsieur Delarue, le propriétaire du château.

EXERCICE DU CHAPITRE 9

Après un long voyage, le couple d'Américains et Alice sont enfin arrivés au château. Pouvez-vous finir ces phrases avec le bon verbe ?

1. Monsieur Mapp _______ émerveillé par le château. (ai, et, est)

2. Madame Mapp _______ ses lunettes de soleil. (met, mais, m'est)

3. Le chauffeur _______ apporter les valises plus tard. (peux, peut, peu)

4. Après ce long voyage, Alice et madame Mapp _______ fatiguées. (s'ont, son, sont)

5. Monsieur Mapp _______ très facilement. (s'en dort, s'endort, sans d'or)

CHAPITRE 10

Monsieur Delarue, le propriétaire du château, était notre chauffeur !

— Le château coûte très cher à entretenir, nous explique-t-il. Il y a toujours quelque chose à réparer : une fenêtre qui casse, un arbre qui tombe dans le parc, le toit qui fuit... Ma femme Colette et moi devons faire de petits boulots pour payer les factures.

Je comprends mieux pourquoi monsieur Delarue veut vendre ce château. Maintenir et rénover une demeure comme celle-là coûte un bras.

Du coin de l'œil, je vois monsieur Mapp taper sur les murs avec sa main.

— Est-ce que c'est un mur porteur ? lui demande sa femme.

— Je ne pense pas, répond-il.

— On pourrait casser ce mur et faire une grande pièce.

Au fond, il y a une grande cheminée en pierre.

Les murs sont couverts de tapisseries anciennes représentant des scènes de chasse. Il y a aussi quelques tableaux de personnages en habits de soirée ou en habits militaires.

— C'est un de mes ancêtres, dit monsieur Delarue fièrement en montrant le tableau à droite de la cheminée. Le plus illustre de mes ancêtres peut-être. Le Maréchal Honoré de Clergerie. Il a combattu avec Napoléon.

— Qui est cette personne ? demande Tina Mapp en montrant un tableau à gauche de la cheminée.

C'est le portrait d'une jeune femme en robe de soirée. Elle ne semble pas très contente de poser pour ce tableau. Ses yeux sont bleus comme le lapis-lazuli.

— C'est ma tante, Madame Anémone de Clergerie. Elle avait 18 ans sur ce tableau. Maintenant, elle a 98 ans. Vous la rencontrerez au dîner. Elle ne voit plus très bien et elle est presque sourde, mais elle est toujours en vie. Elle s'accroche, la vieille chèvre !

Monsieur et madame Mapp observent la cheminée de plus près.

— Chéri, tu penses qu'il y a la place pour installer notre grande télévision ici ?

Monsieur Mapp essaie d'évaluer la longueur de la cheminée.

— Je pense que notre télévision fait environ quinze pieds de longueur...Donc c'est parfait. Mais le problème va être de percer la pierre pour l'accrocher.

Le couple de Texans s'imagine déjà dans ce château. Cela fait à peine 20 minutes qu'ils sont arrivés et ils ont déjà cassé un mur et installé une télé dans le salon. C'est sûr, ils voudront installer aussi une piscine, un jacuzzi et un terrain de basket !

— Il faut absolument faire venir Jack Johns, notre designer, dit madame Mapp. Il a toujours plein d'idées originales...

Madame Mapp a la bouche ouverte et les yeux horrifiés. Une femme vient d'entrer dans le salon. Elle tient à la main un long couteau.

EXERCICE DU CHAPITRE 10

Dans ce chapitre, monsieur et madame Mapp s'imaginent vivre dans le château. Pouvez-vous conjuguer le verbe « s'imaginer » au présent et au passé composé ?

Présent

je ____________________

tu ____________________

il, elle ________________

nous __________________

vous __________________

ils, elles _______________

Passé composé

je ____________________

tu ____________________

il, elle ________________

nous ___________________

vous ___________________

ils, elles _________________

CHAPITRE II

Quelle horreur !

La femme, devant nous, tient un long couteau et ses mains sont couvertes de sang.

— Je vous présente Colette, ma femme, dit monsieur Delarue.

— Bonjour, dit-elle en souriant. Bienvenue au château !

Colette Delarue a les cheveux gris et courts. Ses yeux sont d'un noir intense. Elle est de la même taille que son mari, mais plus musclée.

— Je ne vous attendais pas si tôt, dit-elle. Je suis en train de cuisiner. Je fais mon célèbre pâté de lapin. J'ai une liste de commandes longue comme un jour sans pain.

Je remarque maintenant que le tablier de cuisine de madame Delarue est aussi couvert de sang.

— Ma femme vend ses pâtés dans les épiceries chics de France. Elle a gagné plusieurs prix gastronomiques ! C'est un vrai Cordon Bleu.

— Arrête, chéri. Tu vas me faire rougir. Nos invités doivent être fatigués.

C'est vrai que je dors debout. J'aimerais aussi aller aux toilettes et peut-être même prendre une douche chaude.

— Montre leurs chambres à nos invités, dit madame Delarue. Je vais terminer dans la cuisine. Ensuite, je vais préparer le dîner. Rendez-vous à 19 heures dans la salle à manger. D'accord ?

— Avec plaisir, dit Tina Mapp.

Nous suivons monsieur Delarue dans un long couloir. Puis nous arrivons devant un imposant escalier de marbre. Nous montons au deuxième étage. Nous traversons ensuite un autre couloir et nous prenons sur la gauche. Ce château est un vrai labyrinthe.

— Combien de chambres exactement il y a dans le château ? je demande.

— Il y a exactement 12 chambres. Et chaque chambre est nommée d'après un roi ou une reine de France.

— C'est très intéressant, dit madame Mapp.

— Ici, dit-il en ouvrant la porte sur une chambre jaune comme le soleil, c'est la chambre Louis XIV. La chambre suivante s'appelle la chambre François 1er.

— C'est très intéressant, répète monsieur Mapp.

Nous continuons à marcher.

— Voici votre chambre, monsieur et madame Mapp, dit-il en ouvrant une porte.

La chambre est bleue. Sur le lit, il y a une couverture décorée de fleurs de lys. Un feu de bois brûle dans la cheminée.

— Je vous apporterai vos valises dans deux minutes, dit monsieur Delarue.

— C'est très gentil ! dit madame Mapp.

— Comment s'appelle la chambre ? demande son mari.

— C'est la chambre Henri IV, un roi très aimé par les Français. C'était un très grand roi figurativement et littéralement. Il y a donc un très grand lit dans cette chambre. Je pense qu'elle sera parfaite pour vous.

Nous laissons monsieur et madame Mapp s'installer dans leur chambre. Monsieur Delarue se tourne maintenant vers moi.

— Votre chambre est juste en face, me dit-il. C'est la chambre Marie-Antoinette.

— Marie-Antoinette ! Ce n'est-ce pas la reine qui est morte guillotinée ? je lui demande effrayée.

EXERCICE DU CHAPITRE 11

Alice va dormir dans la chambre Marie-Antoinette. Connaissez-vous les réponses aux questions sur cette reine de France ?

1. Marie-Antoinette était mariée avec quel roi de France ?
a. Louis XIV
b. Louis XVI
c. Napoléon

2. Dans quel château a habité Marie-Antoinette ?
Le château de Versailles
Le château de Vaux-le-Vicomte
Le château de Fontainebleau

3. Marie-Antoinette a eu combien d'enfants ?
3 enfants
4 enfants
1 enfant

4. Quel était le surnom de Marie-Antoinette ?
L'Espagnole
L'Autrichienne
La Polonaise

5. Comment est morte Marie-Antoinette ?
Elle est morte guillotinée.
Elle est morte de vieillesse.
Elle est morte d'empoisonnement alimentaire avec un fromage au lait cru.

CHAPITRE 12

Monsieur Delarue me promet que je peux dormir tranquille.

— Vous pouvez dormir sur vos deux oreilles, madame Hunt. Personne n'est jamais mort guillotiné dans la chambre Marie-Antoinette, dit-il en riant.

Je suis un peu rassurée, et je lui pose une autre question très importante.

— Est-ce qu'il y a des toilettes dans la chambre ?

— Bien sûr. Les toilettes se trouvent derrière cette petite porte blanche, me montre-t-il du doigt.

— Je suis soulagée. J'avais peur d'avoir à traverser le couloir pour arriver aux toilettes.

— N'ayez pas peur ! dit-il.

Au-dessus de la cheminée, il y a un grand miroir avec un cadre doré. Deux coussins brodés des lettres M et A sont posés sur le lit. Un vase rempli de fleurs est sur la table de nuit. Au plafond, un grand chandelier en cristal apporte une lumière apaisante. Cette chambre est vraiment très raffinée.

— Je vous apporte votre valise dans cinq minutes, madame Hunt, dit-il avant de disparaître.

Dès que je l'entends s'éloigner, je me précipite pour ouvrir la petite porte blanche. J'ai super envie de faire pipi. Derrière la porte, je trouve une petite salle de bain et des toilettes minuscules. Contrairement à moi, je pense que Marie-Antoinette devait avoir de toutes petites fesses !

Deux minutes plus tard, je sors de la salle de bain. Je suis fatiguée par le long voyage et je m'écroule sur le lit. Aïe ! Je pousse un cri de douleur. Le matelas est dur comme du vieux pain sec. C'est horrible. Ce matelas doit dater du XVe siècle !

Je remarque maintenant qu'il y a une fenêtre en face du lit. Allongée sur le dos avec un coussin sous la tête, je peux voir entièrement le parc du château. Les chênes et les châtaigniers sont si grands qu'ils doivent être centenaires. Au centre du parc, il y a un petit lac avec une douzaine de canards. C'est très bucolique.

J'allume mon téléphone portable. La réception n'est pas bonne dans ma chambre. Je n'ai qu'une barre de réception. J'aurais peut-être plus de chance dans le salon ou la cuisine du château.

Il est déjà 18 heures 30. C'est presque l'heure du dîner.

Quelqu'un frappe à ma porte.

— Oui ? je demande. C'est pour quoi ?

— C'est pour votre valise, madame Hunt. Je la laisse dans le couloir ?

— Oui. Merci beaucoup, monsieur Delarue.

— Mais de rien, chère madame.

Je me lève difficilement du lit. J'ouvre la porte et je fais entrer ma valise. Je dois me préparer pour ce soir. Je pose la valise sur mon lit et je l'ouvre. Pour ce premier dîner au château, je choisis de porter une chemise en soie noire et un pantalon gris en lin. Je mets aussi un collier de perles blanches et des boucles d'oreilles en or. La grande classe !

C'est la première fois que je vais dîner dans un château. J'ai vraiment de la chance.

EXERCICE DU CHAPITRE 12

Alice s'installe dans sa <u>jolie</u> chambre. Elle est un peu inquiète, car le matelas est dur comme du pain <u>sec</u>.

Regardez ces cinq phrases. Trouvez la place de l'adjectif. Est-il placé avant ou après le nom ?

1. Alice a apporté une _______ valise _______. (grande)

2. Dans la salle de bain, il y a de _______ toilettes _______.(petites)

3. Monsieur et madame Mapp vont dormir dans une _______ chambre _______.(bleue)

4. Madame Delarue tient à la main un _______ couteau _______.(long)

5. Le château est un _______ labyrinthe _______.(vrai)

CHAPITRE 13

Je sors de ma chambre à 18 heures 55. Je passe devant la chambre Henri IV. À travers la porte, je peux entendre monsieur et madame Mapp. J'ai l'impression qu'ils se disputent.

— J'ai dit à mes abonnés Instagram que nous étions propriétaires de ce château. Ils vont penser que je leur ai menti. Cela va être la fin de mon compte Instagram.

— Mais ma chérie, ne t'inquiète pas. Je te promets que nous allons acheter ce château !

Je m'approche pour mieux entendre. Au même moment, leur porte s'ouvre et monsieur et madame Mapp sortent de leur chambre. Je me retrouve nez à nez avec eux.

— Vous avez faim ? je leur demande.

— Je suis affamée, dit madame Mapp, étonnée de me voir juste devant leur porte. Notre chambre est très jolie. Je suis si contente. J'adore ce château. J'ai pris beaucoup de photos pour mon compte Instagram !

Monsieur Mapp ne dit rien. Il semble soucieux.

Il porte un smoking avec un nœud papillon. Sa femme porte une robe longue et brillante. Ils sont habillés comme pour une soirée de gala au Metropolitan Opera.

Nous essayons de retrouver le grand escalier en marbre. Malheureusement tout est sombre. Nous ne trouvons pas les interrupteurs pour allumer les lumières dans le couloir. Nous devons donc utiliser les lampes de nos téléphones portables pour voir un peu mieux notre chemin.

Monsieur Mapp profite de la situation pour ouvrir toutes les portes sur son passage. Nous jetons un coup d'œil rapidement dans une chambre verte, une chambre violette et une chambre rouge remplie d'objets bizarres...

— Ce sont sûrement des instruments de torture, dit monsieur Mapp, en se frottant les mains.

— Arrête s'il te plaît, Bob, lui dit sa femme. J'ai peur. Et tu ne peux pas ouvrir toutes les portes comme cela. Ce n'est pas poli.

Un peu plus loin, nous nous trouvons devant un escalier, mais ce n'est pas celui que nous avons pris pour aller dans nos chambres. Cet escalier monte uniquement. Il ne va que vers l'étage supérieur. Nous cherchons à descendre car la cuisine, le salon et la salle à manger sont au rez-de-chaussée.

— Nous sommes perdus ! pleure madame Mapp.

— Mais non, c'est par là, j'en suis sûr, dit monsieur Mapp en allant vers la droite.

— Il nous faut une boussole, dis-je en plaisantant à moitié.

Il est maintenant 19 heures 10. Cela fait 15 minutes que nous marchons dans les différents couloirs.

— Cet étage du château est un vrai labyrinthe, dis-je. J'espère que nous n'allons pas rester ici toute la nuit.

— Cela me rappelle l'histoire d'un homme retrouvé momifié dans une maison à Houston, nous dit monsieur Mapp.

— Tais-toi Bob, s'il te plaît. Tu me donnes la chair de poule, dit sa femme.

— N'aie pas peur, chérie. Monsieur Delarue va sûrement se rendre compte de notre absence, dit monsieur Mapp. Il va venir nous chercher. Regarde, je vois quelqu'un arriver.

Tout à coup, au bout du couloir, nous voyons apparaître une silhouette blanche.

— Mon Dieu, un fantôme ! crie madame Mapp.

EXERCICE DU CHAPITRE 13

Madame Mapp a peur. Elle a la chair de poule. Il existe de nombreuses expressions avec le mot « poule » en français. Pouvez-vous trouver la traduction de ces expressions ?

1. être une poule mouillée
a) to be afraid
b) to hate the rain
c) to run around like a wet, headless chicken

2. se coucher avec les poules
a) to eat an omelet before going to bed
b) to talk in your sleep
c) to go to bed early

3. quand les poules auront des dents
a) it's to good to be true
b) it's time to see a dentist
c) when pigs fly

4. une poule n'y retrouverait pas ses poussins
a) it's horrible to lose one's offspring
b) you can't find anything
c) kids...it's time to leave the nest/house

5. une poulette

a) a young woman

b) a young hen

c) an omelet made only with day old eggs

CHAPITRE 14

La silhouette blanche s'approche de nous. Elle avance sans faire de bruit. C'est comme si elle flottait dans l'air.

— Mon Dieu ! Un fantôme ! répète madame Mapp en se cachant derrière son mari.

La silhouette s'approche de plus en plus. Nous remarquons maintenant que ce n'est pas un fantôme mais une vieille dame habillée tout en blanc.

— Bonsoir, je suis madame Anémone de Clergerie, dit-elle en nous tendant sa main squelettique.

Le pauvre monsieur Mapp ne sait pas trop quoi faire avec cette petite main. Est-ce qu'il doit lui faire un baise-main ?

Ou est-ce qu'il doit lui serrer la main avec le risque de la casser ?

Il cherche sa femme du regard, mais sa femme est toujours cachée derrière lui. Je décide alors de l'aider. Après tout, je dois essayer de me rendre utile. C'est pour cela que j'ai été invitée.

— Nous sommes enchantés de faire votre connaissance, madame de Clergerie, je dis en prenant délicatement sa main dans la mienne.

Tina Mapp décide de sortir de derrière son mari. Elle est rassurée. Cette vieille dame ne fait vraiment pas peur. Elle est si petite qu'elle doit sûrement s'habiller avec des vêtements d'enfants de 6 ou 7 ans.

Je souris à madame de Clergerie.

— Je m'appelle Alice Hunt et voici monsieur et madame Mapp. Nous habitons à Houston au Texas.

Elle nous regarde de haut en bas en silence.

— Nous avons rencontré votre neveu aujourd'hui, je dis. Il est venu nous chercher à la gare. C'était très gentil de sa part.

— Mon neveu est un imbécile, dit-elle.

— Nous avons aussi rencontré sa femme.

— La femme de mon neveu est une imbécile aussi, dit la vieille femme sèchement.

Anémone de Clergerie se retourne rapidement et se met à marcher.

— Suivez-moi. Nous sommes en retard pour le dîner.

— Nous sommes désolés, je lui dis. Nous nous sommes perdus dans ce grand château.

Nous suivons madame de Clergerie en silence. Nous prenons un long couloir, puis un autre, puis un escalier. Nous arrivons alors dans une petite pièce. Les murs sont décorés de nombreuses épées. Dans un coin, il y a une grande armure médiévale.

— C'est l'armure de mon arrière-arrière-arrière-arrière-arrière-grand-père. Il a combattu contre les Anglais avec le roi Charles VII.

— Comment s'appelait votre ancêtre ? demande monsieur Mapp.

— Il s'appelait le duc Henri de Clergerie.

— C'est très intéressant, dit madame Mapp en prenant une douzaine de photos de l'armure.

Ses abonnés sur Instagram vont adorer.

Madame de Clergerie regarde l'Américaine avec dégoût. Elle continue son histoire.

— Quand le duc est revenu chez lui après la guerre, il a appris que son cousin Roland avait essayé de vendre le château pendant son absence. Henri était tellement en colère qu'il a tué Roland d'un seul coup d'épée sur le crâne ! On ne plaisantait pas dans la famille.

Je me demande si madame de Clergerie veut nous dire quelque chose avec cette histoire ?

EXERCICE DU CHAPITRE 14

Dans ce chapitre, nous faisons la connaissance de madame Anémone de Clergerie. La vieille femme raconte l'histoire de son ancêtre le duc Henri de Clergerie.

Dans les archives du château nous avons retrouvé une vieille lettre. Cette lettre a été écrite par le duc Henri de Clergerie à son cousin Roland. Le duc, sûrement fatigué par les combats, a malheureusement fait cinq fautes d'orthographe. Pouvez-vous les trouver ?

> Mon chère cousin,
>
> Je rentre de la guerre dans quelques jours. J'est hâte de te voir, de voir ma femme et surtout mon beau château. Je rêve de dormir dans m'a chambre. J'ai fait la guerre depuis trop longtemps.
>
> Les Anglais veulent envahir notre beau pays. Ils veulent manger tous nos bon fromages. Je les comprends. Les fromages anglais sont vraiment atroces.
>
> À bientôt, mon cousin. Merci encore d'avoir pris soin de mon château et de ma femme pendant ma absence.

Duc Henri de Clergerie

CHAPITRE 15

Nous arrivons dans la salle à manger. Monsieur Delarue regarde les bûches brûler dans la cheminée. Il est perdu dans ses pensées. Colette, sa femme, vérifie qu'il ne manque rien sur la table.

La vieille femme se place devant son neveu.

— J'ai trouvé tes Américains, dit madame de Clergerie à son neveu.

Monsieur Delarue lève la tête.

— Vous voilà ! Je commençais à m'inquiéter.

— Nous nous sommes perdus, je dis. Heureusement que nous avons rencontré votre tante. Elle est charmante. Elle nous a sauvés !

— Vous avez fait connaissance avec ma tante ? C'est merveilleux ! dit-il faussement joyeux.

Tina Mapp sort son téléphone de son sac et prend des photos des assiettes sur la table.

— Elles sont magnifiques ces assiettes ! crie-t-elle enthousiaste. Elles sont de quelle époque ?

— Ce sont des assiettes de chez Ikea, répond la vieille dame sèchement.

Colette Delarue met au centre de la table une carafe d'eau et une bouteille de vin.

— Vous devez être affamés, non ? J'espère que vous allez aimer ce que j'ai cuisiné.

— J'en suis certaine, je dis. Ça sent si bon.

Monsieur Mapp se laisse tomber sur une chaise avec un grand soupir de soulagement.

Anémone de Clergerie le regarde épouvantée.

— Bob ! dit sa femme en le regardant sévèrement. Tu dois attendre d'être invité à t'asseoir. Tu dois respecter les bons usages.

Bob se relève immédiatement.

— Je suis désolé, s'excuse-t-il.

— Pas de problème, dit monsieur Delarue qui vient à son secours. Vous devez être fatigué.

— Je suis très fatigué, répond l'Américain, les yeux baissés comme un petit garçon qui a fait une bêtise.

— Asseyez-vous ici, lui dit monsieur Delarue en lui montrant une chaise. Et vous, madame Mapp, à ma gauche, et madame Hunt, à la droite de ma tante.

Tout le monde prend place autour de la table. Madame Anémone de Clergerie se tient très droite. Son visage est sévère. Elle semble perpétuellement en colère. Je n'ose pas bouger. J'observe les gestes de nos hôtes pour savoir ce qu'il est correct de faire et de ne pas faire. Madame Delarue se lève de table.

— Je vais chercher le canard et les pommes de terre, dit-elle.

— Encore du canard, dit Anémone de Clergerie. On mange du canard tous les jours !

Je me demande si c'est un des canards du parc que nous allons manger ce soir, mais je ne dis rien.

— Ma femme cuisine très bien le canard. Vous allez voir, il est délicieux.

— Quand j'étais jeune, dit madame de Clergerie, nous avions du personnel pour cuisiner et pour servir à table. Mais aujourd'hui, c'est la misère.

— Vous exagérez, ma tante !

— Ce château est en ruine, ajoute-t-elle en colère, mais je ne le vendrai jamais. Il est dans la famille de Clergerie depuis le quinzième siècle.

Madame Delarue arrive de la cuisine avec le canard.

— Calmez-vous, ma tante, dit monsieur Delarue. Ce n'est pas bon pour votre cœur.

— Je ne vendrai jamais ce château... et surtout pas à des Anglais ou à des Américains !

EXERCICE DU CHAPITRE 15

Tout le monde est installé à table. C'est l'heure du dîner au château ! Bien sûr, puisque nous sommes dans un château, il faut connaître les bonnes manières.

Voici 5 questions pour savoir si vous connaissez les bonnes manières.

1. Chaque personne a trois verres de tailles différentes. Doit-on servir le vin rouge dans le verre le plus grand ?
Vrai ou Faux

2. En France, est-ce que d'habitude on mange son dessert avec une fourchette ?
Vrai ou Faux

3. Est-ce que l'on rote à la fin du repas pour signifier que l'on a bien mangé ?
Vrai ou Faux

4. Est-ce qu'il est poli de reprendre deux fois du fromage ?
Vrai ou Faux

5. Quand on ne mange pas, doit-on mettre les mains sous la table ?
Vrai ou Faux

CHAPITRE 16

Au dîner, nous avons mangé un canard avec des pommes de terre, une salade, différents fromages de la région, et une délicieuse tarte aux pommes.

— Allons dans le salon, nous propose monsieur Delarue après avoir posé sa serviette sur la table. Nous pourrons parler plus calmement.

— D'accord, dit monsieur Mapp.

Nous nous levons de table.

— Il est tard. Je vais me coucher, dit madame Anémone de Clergerie.

— Bonne nuit. À demain matin, dit madame Delarue, soulagée de voir partir la vieille dame dans sa chambre.

Nous suivons monsieur et madame Delarue dans le salon.

Les murs de la salle sont couverts de tapisseries comme j'ai pu en voir au musée du Moyen Âge à Paris. Sur ces tapisseries, je peux voir des dragons, des licornes ou des lions à deux têtes. Dans un coin, il y a aussi une grande bibliothèque. Elle est remplie de livres anciens. Je les examinerai demain plus en détail. À droite de la bibliothèque, il y a un petit meuble avec des bouteilles d'alcools.

Nous nous asseyons dans le canapé.

— Vous désirez un cognac ? nous demande monsieur Delarue.

— Ou une tisane ? ajoute madame Delarue.

— Un cognac, c'est une bonne idée, répond monsieur Mapp.

— Un cognac pour moi aussi, répond sa femme.

— Une tisane pour moi, s'il vous plaît, dis-je.

Le canapé est très confortable, et j'ai très envie de dormir. Cela va être difficile de garder les yeux ouverts. Monsieur Delarue verse les cognacs.

— J'ai une question, dit monsieur Mapp après avoir bu une gorgée de son cognac.

— Je vous écoute, cher ami, dit monsieur Delarue.

— Je voudrais savoir qui est le propriétaire du château : vous et votre tante madame de Clergerie ?

Monsieur Delarue tousse un peu. Il est visiblement un peu gêné.

— Oui c'est bien ça. Ma tante est la propriétaire du château à cinquante pour cent seulement.

Monsieur Delarue tousse un peu pour s'éclaircir la voix et il continue.

— Mais ma tante a 92 ans. Elle a de gros problèmes de mémoire et elle doit aller vivre dans une résidence spécialisée pour les seniors. Nous avons établi un dossier médical et le juge va nous donner tous les pouvoirs sur ses biens.

Les veines du cou de monsieur Mapp se sont gonflées d'un seul coup.

— Merde ! Nous avons fait le voyage pour rien ! crie-t-il. Vous n'avez pas le pouvoir de vendre ce château !

— Mon ami, mon ami, ne vous énervez pas, dit madame Delarue. Nous allons pouvoir vous vendre le château très bientôt.

— Avec le juge, c'est comme si c'était fait, ajoute monsieur Delarue pour nous rassurer.

Monsieur Mapp se lève d'un coup.

— Monsieur et madame Delarue, dit monsieur Mapp très agité, j'espère que vous allez trouver une solution rapide concernant votre tante ou c'est moi qui vais la trouver. Je vous le promets !

EXERCICE DU CHAPITRE 16

Madame de Clergerie est très âgée et selon son neveu, elle n'a pas une très bonne mémoire. Et vous ? Comment est votre mémoire ? Parmi ces dix mots, il y en a deux qui n'ont pas été utilisés dans le chapitre 16. Lesquels ? (Si vous voulez, vous pouvez relire une deuxième fois le chapitre 16.)

1. une bibliothèque
2. une tisane
3. une chaussure
4. une licorne
5. les veines du cou
6. une bague
7. une tarte aux pommes
8. les yeux
9. une gorgée de cognac
10. une serviette

CHAPITRE 17

Le lendemain matin, il est 9 heures quand je retrouve monsieur et madame Mapp dans la salle à manger. Ils boivent du café et mangent une brioche avec de la confiture de figues.

— Vous avez bien dormi ? je leur demande.

— Non, je n'ai pas bien dormi, répond Tina Mapp. J'ai rêvé que le château n'était plus à vendre. Et vous ?

— Moi non plus, je n'ai pas bien dormi, je réponds. Mon matelas est trop dur. En plus, je ne sais pas si j'aime l'idée de dormir dans la chambre Marie-Antoinette. J'ai un peu mal au cou ce matin.

— Alice, vous êtes la princesse au petit pois, plaisante monsieur Mapp.

J'attrape un bol sur la table et un morceau de brioche. Tout à coup, il y a un courant d'air froid. Madame Anémone de Clergerie entre dans la salle à manger. Elle porte une chemise rouge et un pantalon rouge. Ses cheveux sont attachés, mais deux petites mèches rebelles sortent de son chignon. Elle ressemble vraiment à un petit diable.

— Bonjour madame, lui dit monsieur Mapp en se levant de sa chaise. Je peux vous servir un café ?

Monsieur Mapp fait vraiment des efforts pour être poli. Je dois le féliciter.

— Si je veux un café, je peux me servir toute seule, dit-elle sèchement. Je ne suis pas encore complètement sénile et impotente.

Contrairement à ce que son neveu dit, madame de Clergerie semble en parfaite forme physique et mentale.

Madame de Clergerie se sert un café et met un morceau de brioche dans la poche de son pantalon.

— Je préfère prendre mon petit déjeuner seule. Je vais me promener dans le parc, nous dit-elle.

— Bonne promenade, lui dit monsieur Mapp.

— Merci, répond-elle. Je vous verrai au déjeuner à midi.

Quelques minutes plus tard, madame Delarue fait son apparition dans la salle à manger. Elle porte un tablier de cuisine et elle a un peu de farine dans les cheveux.

— Bonjour, dit-elle d'une voix claire. Vous aimez la brioche ?

— Elle est délicieuse ! Je lui dis.

— Maintenant je vais faire du pain perdu. C'est une de mes spécialités. Vous voulez venir dans la cuisine pour me regarder cuisiner ?

Madame Mapp et moi sommes flattées de pouvoir observer cette cuisinière exceptionnelle.

— Avec plaisir, je lui dis.

— Qu'est-ce que c'est le pain perdu ? demande madame Mapp.

Nous arrivons dans la cuisine. Je pense que la cuisine du château est aussi grande que mon appartement à Houston. Tina Mapp sort son téléphone et commence à mitrailler.

— Mes abonnés vont adorer. C'est trop mignon, dit-elle en prenant une douzaine de photos de l'évier.

Au centre de la cuisine, il y a une longue table en bois. Sur cette table, madame Delarue a posé deux pains de campagne, du lait, des œufs, du sucre, de la vanille et un peu de cannelle.

— Les pains sont durs comme du fer, dit madame Delarue en attrapant un des deux pains sur la table. Je vais mettre celui-là dans un mélange de lait avec les œufs et le sucre. Il va ramollir lentement.

Quinze minutes plus tard, madame Delarue fait cuire les tranches de pain dans une poêle avec beaucoup de beurre. La cuisine sent bon la cannelle.

Nous sommes toutes les trois assises autour de la table. Nous dégustons le pain perdu.

— C'est vraiment délicieux, dis-je. J'aurais pu manger l'autre pain aussi !

— L'autre pain dur n'est pas bon pour faire du pain perdu, dit madame Delarue.

— Vraiment ? Mais pourquoi ? je lui demande étonnée.

— C'est un pain rustique avec des graines de tournesol, dit-elle. Je vais l'utiliser pour autre chose.

Madame Mapp prend plusieurs photos de son assiette.

— Est-ce que le pain perdu c'est la même chose que le French toast ? nous demande-t-elle naïvement.

EXERCICE DU CHAPITRE 17

Dans ce chapitre Alice, Tina et Colette sont dans la cuisine. Elles préparent du pain perdu.

Trouvez la bonne traduction de ces mots concernant le pain et sa fabrication.

1. un meunier
a) a miller
b) a windmill
c) a person who loves eating bread

2. de la levure
a) flour
b) dough
c) yeast

3. une miette
a) a bread crumb
b) an old, stale bread
c) a slice of bread

4. une croûte
a) a bag of flour
b) a slice of bread
c) bread crust

5. un trognon

a) half of a loaf of bread

b) an end piece

c) onion bread

CHAPITRE 18

Je suis dans ma chambre Marie-Antoinette quand j'entends quelqu'un frapper à ma porte.

— Alice ??

J'ouvre la porte. Madame Mapp entre rapidement dans ma chambre. Elle est toute blanche.

— Que se passe-t-il ? je lui demande.

— J'ai perdu 5972 abonnés. C'est horrible !

— Perdu ? Mais où ?

— Mais sur Instagram, bien sûr ! 5972 abonnés se sont désabonnés de mon compte.

Je comprends un peu mieux ce qu'elle veut dire.

— Mais vos abonnés adorent vos photos du château. C'est peut-être une erreur informatique ? Il y a sûrement une explication.

Nous nous asseyons sur mon lit. Par la fenêtre au loin, je vois une petite forme rouge bouger au fond du parc. Je devine que c'est madame de Clergerie qui donne de la brioche aux canards. C'est une personne tellement désagréable que les canards doivent être ses seuls amis.

— Racontez-moi tout, je demande à madame Mapp.

— J'ai regardé mon compte sur Instagram en revenant du petit déjeuner, dit madame Mapp. J'ai vu alors que j'avais perdu presque 6000 abonnés.

J'essaie de lui faire relativiser le problème.

— Il y a pire dans la vie ! Ce n'est pas la fin du monde ! Ce n'est pas très grave !

— Si, c'est très grave, ajoute-t-elle. Je ne sais pas quoi faire ! 6000 abonnés ! C'est énorme. C'est presque la moitié de mes abonnés. Presque cinquante pour cent. Qu'est-ce que je vais faire ?

Je cherche un moyen de lui changer les idées.

— Allons nous promener dans le parc, d'accord ? L'air frais nous fera du bien et nous trouverons sûrement une solution !

Nous sortons de ma chambre. Nous descendons l'escalier. Nous passons devant la pièce avec l'armure du duc Henri de Clergerie. Nous traversons la salle à manger. Je connais maintenant le château comme ma poche.

Je pose ma main sur le bras de madame Mapp.

— Chut. J'entends quelqu'un.

Nous tendons l'oreille pour écouter. Les voix viennent du salon.

— Nous allons vendre le château ma chérie, je te le promets, dit monsieur Delarue.

— J'en ai assez d'habiter dans ce vieux château. Je veux le vendre tout de suite, crie sa femme en colère. J'ai trouvé une villa parfaite sur la côte d'Azur. Nous devons absolument vendre le château au plus vite !

EXERCICE DU CHAPITRE 18

Quel malheur ! Tina a perdu 6000 (six mille) abonnés sur Instagram. Pouvez-vous écrire le nombre de ces abonnés en toutes lettres et sans faute ?

Exemple :

345 abonnés :
trois cent quarante-cinq abonnés

1503 abonnés :

____

6812 abonnés :

____

56 abonnés :

____

9234 abonnés :

____

1107 abonnés :

____

PS : Aujourd'hui, j'ai mille cinq cent quarante-sept abonnés sur mon compte Instagram. Si vous voulez voir mon compte Instagram, c'est @books.in.easy.French.

CHAPITRE 19

Dans le ciel on peut voir arriver de gros nuages gris et noirs.

— Il va pleuvoir, dit madame Mapp.

— J'aurais dû prendre un parapluie, dis-je.

Sur notre droite, il y a un jardin potager. Nous décidons de marcher dans cette direction. Je ne suis pas une experte mais je reconnais facilement quelques légumes : des petits pois, des pommes de terre, des carottes et des choux.

— Regardez comme ces légumes sont beaux ! dis-je émerveillée.

— Mon mari et moi n'aimons pas les légumes, me dit Tina. Quand nous serons propriétaires du château, nous mettrons à la place du potager une grande piscine olympique. C'est l'emplacement idéal.

Je pense que c'est dommage de faire disparaître un merveilleux potager mais je ne dis rien. Après tout, ce n'est pas moi la prochaine propriétaire.

Nous marchons maintenant vers le parc et le petit lac.

— Est-ce que vous allez mettre quelques animaux dans le parc ? Des chèvres ? Des moutons ? je lui demande.

— C'est une excellente idée ! J'ai pensé faire venir deux ou trois vaches Longhorn du Texas.

Des gouttes de pluie commencent à tomber sur nos têtes.

— J'adore marcher sous la pluie, dit madame Mapp. Au Texas, il fait toujours chaud et sec. La pluie, c'est tellement agréable.

Elle me prend le bras et nous continuons à marcher dans le parc bras dessus, bras dessous comme deux amies.

— Vous avez toujours de bonnes idées, Alice.

— Merci Tina, c'est gentil.

— Alors, dit-elle, comment est-ce que je pourrais retrouver les abonnés Instagram que j'ai perdus ?

Je réfléchis.

— Peut-être que vous pourriez adopter un petit chien et prendre sa photo dans les différentes pièces du château ?

— Je n'aime pas les chiens. Ce sont des sacs à puces.

— Peut-être que vous pourriez faire des recettes françaises dans la cuisine du château ?

— Bof. Cela a déjà été fait des milliers de fois.

— Peut-être que vous pourriez porter des robes de luxe dans les différentes chambres du château ?

— Je ne trouve pas l'idée très originale.

J'avoue que madame Mapp commence à m'énerver un peu. Mais je ne dis rien. Je respire pour me calmer.

— Vos idées ne sont pas assez modernes, me dit-elle. Elles ne sont pas adaptées à Instagram.

Madame Mapp me regarde droit dans les yeux.

— Pour avoir plus d'abonnés sur Instagram, Alice, il faut choquer. Il faut un scandale, un grand scandale ou encore mieux... un meurtre !

EXERCICE DU CHAPITRE 19

Madame Mapp reproche à Alice de ne pas être très moderne. Voici une liste de mots utilisés dans les années 80. Trouvez leur signification.

1. une boum
a) an explosion
b) a party
c) a loud song

2. se faire un cinoche
a) to go swimming naked
b) to go see a movie
c) to eat something too salty

3. lâche-moi les baskets
a) leave me alone
b) help me tie my shoes
c) I'm a basket case

4. être flagada
a) to be tired
b) to be famished
c) to be afraid

5. un falzar

a) a hat

b) a pair of pants

c) a sweater

CHAPITRE 20

Selon madame Mapp, je ne suis pas assez moderne ! J'ai entendu assez de bêtises pour aujourd'hui, alors je préfère revenir dans le château. Je laisse madame Mapp seule dans le parc.

— Je vais regarder les livres de la bibliothèque, je lui dis. J'espère trouver un livre intéressant sur l'histoire de ce château !

— Très bien, Alice, me dit-elle. Moi, je reste ici prendre des photos. Avec cette pluie, la luminosité est très intéressante.

Je passe devant le potager et je traverse la terrasse. J'ouvre la porte et j'entre dans le couloir.

Je regarde dans la cuisine. Il n'y a personne. Je pense au délicieux pain perdu que nous avons mangé ce matin et je salive.

Plus loin, dans le salon, je vois monsieur Mapp debout. Il regarde son téléphone.

— Je vais essayer de trouver des informations sur l'histoire de ce château, je lui dis pour expliquer ma présence dans la pièce.

Il ne dit rien. Il ne lève pas la tête de son téléphone. Il est concentré sur son écran.

Je me dirige vers la bibliothèque. Je lis les titres des différents livres devant moi : *La famille de Clergerie d'hier à aujourd'hui, Le château au travers des siècles, Légendes et superstitions du Moyen Âge* ... J'attrape le livre intitulé *Le château au travers des siècles*. Je pense que je vais trouver dans ce livre beaucoup d'informations intéressantes.

Monsieur Mapp a l'air préoccupé.

— Tout va bien ? je lui demande.

— Pas vraiment, dit-il.

— Qu'est-ce qu'il se passe ?

— J'ai reçu un email de mon banquier après notre petit déjeuner. Il a effectué quelques recherches sur le château et sur la famille Delarue.

— Et alors ? je demande. Qu'a-t-il trouvé ?

Monsieur Mapp regarde son téléphone.

— Qu'est-ce qu'il a trouvé ? je répète.

— Il a trouvé que la seule et unique propriétaire du château est madame Anémone de Clergerie. Elle seule peut vendre le château. Le couple Delarue ne sera propriétaire du château qu'après la mort de madame de Clergerie.

Monsieur Mapp se laisse tomber sur le canapé.

— Monsieur et madame Delarue nous ont menti ! Ils ne sont pas propriétaires à cinquante pour cent.

J'essaie de lui redonner du courage.

— Peut-être que vous pouvez parler à madame de Clergerie, je lui dis. Peut-être que vous pouvez lui faire une proposition qu'elle ne peut pas refuser.

Monsieur Mapp enlève une petite plume verte collée sur sa chaussure.

— C'est déjà fait ! Je suis allé lui parler dans le parc. Cette vieille chèvre ne veut rien savoir ! Nous allons malheureusement devoir rentrer au Texas sans le château.

Je laisse monsieur Mapp seul avec son désespoir. Je remets le livre dans la bibliothèque et je sors silencieusement du salon.

Dans ma chambre, je commence à rassembler mes affaires quand tout à coup, j'entends quelqu'un crier dans le jardin. Je regarde par la fenêtre. Je vois madame Mapp qui fait de grands signes avec ses bras. J'ouvre la fenêtre.

— Que se passe-t-il, Tina ? je lui demande.

— Au secours ! Au secours ! C'est horrible, crie-t-elle.

Près du lac, je vois une petite chose rouge immobile sur le sol. Une petite chose rouge, sans vie, entourée de canards.

— Merde ! je crie. C'est madame de Clergerie.

EXERCICE DU CHAPITRE 20

Monsieur Mapp a découvert que madame de Clergerie est la seule propriétaire du château. Il n'y a pas *des* propriétaires, mais *une* propriétaire.

Mettez ces phrases plurielles au singulier.

Exemple :

Les livres sont des objets importants.

Le livre est un objet important.

Les fromages anglais ne sont pas bons.

____

Les canards nagent dans les lacs.

____

Les chevaux sont gentils.

____

Elles aiment lire les journaux.

____

Les châteaux sont difficiles à entretenir.

____

Ce ne sont pas des canards sauvages.

____

Ces histoires sont amusantes et intéressantes.

____

Mes livres sont excellents.

____

CHAPITRE 21

QUI A TUÉ MADAME DE CLERGERIE ?

Une heure plus tard, madame et monsieur Delarue, madame et monsieur Mapp et moi sommes assis sur le canapé du salon.

Un policier est debout devant nous.

— Bonjour, commence-t-il, je suis l'inspecteur de police Janot. Je suis chargé de l'enquête.

— Bonjour inspecteur, dit monsieur Delarue.

— Comme vous le savez, madame de Clergerie a été retrouvée morte ce matin dans le parc du château.

— Elle a été retrouvée à côté du petit lac, précisément, je dis.

L'inspecteur s'arrête de marcher brusquement.

— Madame Hunt, me dit-il. Vous parlerez quand cela sera votre tour. Pour le moment, c'est moi qui parle !

— Je suis désolée, dis-je.

L'inspecteur est un petit homme avec un gros ventre et une moustache à la Hercule Poirot. Il se met à marcher dans le salon tout en parlant.

— Donc, madame de Clergerie a été retrouvée morte à côté du petit lac. Il y avait du sang sur sa tête. Le tueur ou la tueuse a vraisemblablement assommé la vieille dame. Mais je n'ai pas encore trouvé l'arme du crime...

Nous le regardons en silence.

— Je n'ai pas encore trouvé l'arme du crime, répète-t-il, mais j'ai deux policiers qui cherchent partout. Et j'ai bon espoir de la trouver.

Il nous regarde un à un dans les yeux.

— J'ai bon espoir de trouver l'arme du crime, répète-t-il. Je pense aussi que le meurtrier ou la meurtrière se trouve parmi vous !

Puis il pousse un cri et il se met à courir dans la direction de la bibliothèque et des livres anciens.

— Voici ce qui est très intéressant, dit-il en se caressant le ventre.

Je pense qu'il va choisir le livre sur la famille de Clergerie dans la bibliothèque mais pas du tout. Il ouvre le petit meuble à droite de la bibliothèque. Dans le petit meuble, il y a une douzaine de bouteilles d'alcools. Il attrape une bouteille de whisky. Il met son nez au-dessus du goulot de la bouteille.

— Mon Dieu, ce whisky sent fabuleusement bon. Vous permettez que je m'en verse un verre, monsieur Delarue ?

— Mais faites comme chez vous, dit monsieur Delarue.

— Merci, c'est très gentil. Je ne peux pas résister. J'adore le whisky !

L'inspecteur se verse un généreux verre d'alcool et revient vers nous.

— Bon, dit-il, le meurtrier ou la meurtrière est sûrement parmi vous. Monsieur Delarue, pouvez-vous commencer et me raconter votre matinée dans le détail ?

EXERCICE DU CHAPITRE 21

L'inspecteur pense que **le meurtrier ou la meurtrière** se trouve parmi les personnes dans le château.

Écrivez le féminin des mots suivants :

Ex. un meurtrier, **une meurtrière**

un ami, une ____________________

un chanteur, une ________________

un acteur, une __________________

un policier, une _________________

un voleur, une __________________

un canard, une _________________

un chef, une ___________________

un chien, une __________________

CHAPITRE 22

L'inspecteur Janot prend une gorgée de whisky et il répète :

— Monsieur Delarue, pouvez-vous me décrire votre matinée dans le détail ?

— C'est très simple, monsieur l'inspecteur. Je me suis réveillé à 6 heures 30 du matin. Je commence toutes mes journées par un jogging dans le parc.

— C'est une bonne habitude. Je devrais faire la même chose, dit le policier en se frottant le ventre.

— Ensuite, j'ai pris le petit déjeuner avec ma femme.

L'inspecteur prend une autre gorgée de whisky.

— À quelle heure avez-vous pris votre petit déjeuner ?

— Je ne sais pas exactement, peut-être huit heures, répond monsieur Delarue.

— Et ensuite qu'est-ce que vous avez fait ?

— Ensuite, j'ai pris la voiture et je suis allé à la poste. La poste du village ouvre à 9 heures. J'ai envoyé le dossier médical de ma tante au Juge Alphonse Dupuis. Ensuite, je suis revenu au château.

— Et qu'est-ce que vous avez fait après votre retour ?

— Je suis allé dans ma chambre avec ma femme et nous y sommes restés un bon moment.

Je ne sais pas si je dois parler à l'inspecteur de la discussion que j'ai entendue ce matin entre monsieur et madame Delarue. Ils étaient tous les deux en colère contre la vieille dame et son refus de vendre le château.

— Monsieur Delarue, demande le policier. Madame de Clergerie était votre tante. Qui pensez-vous avait intérêt à la voir morte ?

— C'est évident, c'est lui ! Monsieur Mapp ! dit monsieur Delarue en pointant du doigt l'Américain.

Monsieur Mapp se lève d'un coup du canapé.

— Vous racontez n'importe quoi ! crie-t-il.

Les deux hommes sont maintenant debout. Ils sont prêts à se battre. L'inspecteur essaie de les séparer.

— Messieurs, messieurs, dit-il, calmez-vous !

Monsieur Delarue regarde l'inspecteur.

— Monsieur Mapp était très en colère quand il a appris que ma tante ne voulait pas vendre le château. Il m'a demandé de trouver une solution rapidement, sinon c'était lui qui allait la trouver. Je pense que c'est lui qui a tué ma tante bien-aimée.

— Vous mentez, se défend Robert Mapp.

Madame Delarue se met à parler.

— Moi, je pense que la meurtrière, c'est madame Mapp.

— Et pour quelle raison ? demande le policier étonné.

Madame Delarue réfléchit un instant.

— Ce matin, j'ai entendu madame Mapp pleurer car 6000 abonnés avaient disparu de son compte Instagram. Et plus tard dans la matinée quand je suis sortie pour prendre des radis dans le potager, j'ai entendu madame Mapp dire : « Pour avoir plus d'abonnés sur Instagram, il faut un grand scandale ou encore mieux, un meurtre. »

L'inspecteur prend une longue gorgée de whisky.

— Un scandale ou un meurtre ? dit-il. Voici qui est très intéressant.

EXERCICE DU CHAPITRE 22

Monsieur Delarue pense que monsieur Mapp a tué sa tante. Je ne sais pas s'il a raison, mais nous allons bientôt le savoir.

En attendant, trouvez le bon verbe pour ces phrases :

1. L'inspecteur **buvais / as bu / a bu** une gorgée de whisky.

2. Monsieur Mapp **ai / est / es** suspecté du crime de madame Anémone de Clergerie.

3. Les Américains **veut acheter / veulent acheté / veulent acheter** un château en France.

4. Je **s'est / c'est / sais** qui a tué la vieille dame.

5. Madame Delarue **ai allé / est allée / est allé** dans le potager.

CHAPITRE 23

Il est presque 16 heures. Nous sommes toujours dans le salon. La bouteille de whisky est maintenant presque vide. Et l'inspecteur est plein comme une barrique.

L'arme du crime n'a pas été retrouvée. Nous ne savons pas qui a tué madame Anémone de Clergerie. L'enquête n'avance pas.

— C'est une longue journée, dit Tina Mapp. Est-ce que nous pouvons parler du meurtre demain ? J'ai mal à la tête.

— Pas question, dit monsieur Delarue. Je veux savoir qui a tué ma tante adorée.

Il en a presque les larmes aux yeux.

— J'ai un peu faim, avoue l'inspecteur en regardant sa montre. Est-ce qu'il y a quelque chose dans la cuisine du château que je pourrais manger ? Je réfléchis mieux avec le ventre plein.

Je réalise que moi aussi j'ai faim. Mon dernier repas date de ce matin. Je n'ai mangé qu'une tranche de brioche et une part de pain perdu.

— Allons dans la cuisine ! propose madame Delarue.

À la queue leu-leu, nous marchons en direction de la cuisine. Nous nous asseyons autour de la grande table en bois. Monsieur Delarue met des verres, des couverts, des assiettes et des serviettes sur la table.

Madame Delarue fouille dans le frigo.

— Il reste un peu de canard, des pommes de terre d'hier soir et aussi quelques morceaux de fromage, nous dit-elle. Et j'ai aussi une boîte de pâté de lapin. Cela vous convient ?

— Oui, nous répondons en chœur.

Madame Delarue met les restes de canard et les pommes de terre dans le four micro-ondes pour quelques minutes. Madame Delarue place au centre de la table un plateau de fromages et le pâté.

— Vous avez du pain pour le fromage ? demande l'inspecteur.

— Non, malheureusement il n'y en a plus, dit madame Delarue, j'ai seulement des biscottes.

Monsieur Delarue débouche une bouteille de vin rouge.

J'ai une faim de loup. J'avale le repas sans parler. En moins de temps qu'il n'en faut pour le dire, mon assiette est vide.

À ce moment, deux policiers frappent à la porte de la cuisine.

— Inspecteur, désolé de vous déranger mais nous avons cherché partout dans le parc et le lac. Nous n'avons pas trouvé l'arme du crime.

L'inspecteur les regarde d'un air sévère.

— Nous reprendrons les recherches demain, dit-il. Vous pouvez rentrer au commissariat.

Je regarde les morceaux de fromage au centre de la table. C'est un peu triste de les manger sans pain. Et tout à coup, j'ai une idée de génie !

— Attendez ! je crie aux policiers. Je pense savoir où se trouve l'arme du crime.

L'inspecteur s'essuie la bouche avec sa serviette.

— Vraiment ? me demande-t-il. Où se trouve-t-elle ?

Je regarde toutes les personnes assises autour de la table.

— Je vais tout vous expliquer pendant le dessert.

— Il y a un dessert ? demande l'inspecteur, enthousiaste.

EXERCICE DU CHAPITRE 23

Tous les personnages sont dans la cuisine. Ils mangent du canard, des pommes de terre et du fromage.

Trouvez les traductions de ces objets que l'on trouve normalement dans une cuisine :

1. un congélateur
a) a freezer
b) an ice-cream maker
c) a juicer

2. un évier
a) a drawer
b) Evian water
c) a sink

3. un torchon
a) a kitchen towel
b) a piece of meat (pork)
c) a long fork

4. un four à micro-ondes
a) an oven
b) a microwave oven
c) a stove

5. une hotte

a) a hot plate

b) a range hood

c) a stove

CHAPITRE 24

Dans la cuisine, c'est le silence complet. Tous les yeux sont rivés sur moi.

Je me lève de table.

— Voici les faits, dis-je. Madame de Clergerie a été assommée à côté du lac. On l'a retrouvée morte entourée de canards. Et l'arme du crime est introuvable.

— On l'a retrouvée morte assommée et entourée de canards. Ce sont les faits, approuve l'inspecteur.

— Où est l'arme du crime ? je demande.

— Nous ne l'avons pas encore trouvée, ajoute l'inspecteur.

Je marche vers madame Delarue.

— Ce matin, quand nous avons cuisiné du pain perdu, il y avait deux pains très durs sur la table. Il y avait le pain que nous avons utilisé et un pain rustique aux graines de tournesol que nous n'avons pas utilisé.

— C'est vrai, dit madame Delarue. On ne peut pas faire du pain perdu avec du pain rustique aux graines de tournesol. C'est impossible !

— Elle a raison, ajoute l'inspecteur. C'est impossible !

Je place mes mains sur les épaules de madame Delarue.

— Est-ce que vous savez où est le pain rustique maintenant ? je demande aux personnes autour de la table.

— Aucune idée, répond l'inspecteur. Je ne vois que des biscottes ici.

Les autres personnes autour de la table ne répondent pas, alors je continue.

— Je vais vous le dire. Le pain rustique aux graines de tournesol est maintenant dans le ventre des canards !

— Je ne comprends pas ! dit monsieur Mapp.

— Allez me chercher un ou deux canards, ordonne l'inspecteur aux policiers. Vite !

Les policiers sortent de la cuisine en courant.

— Je suis certaine, dis-je, que vous allez trouver des graines de tournesol dans les estomacs de ces canards. Les graines de tournesol sont très difficiles à digérer.

— C'est vrai, dit l'inspecteur en se caressant le ventre.

Je continue mon explication.

— Je pense que ce matin madame Delarue a assommé madame de Clergerie avec le pain rustique. Le pain était sec et dur comme du fer !

— Mais comment les canards ont-ils réussi à manger le pain s'il était dur comme du fer ? me demande l'inspecteur.

— Rappelez-vous que ce matin il pleuvait, je lui dis. Madame Delarue a sûrement laissé le pain à côté de la victime. Avec la pluie, le pain est devenu mou et les canards ont pu le manger.

EXERCICE DU CHAPITRE 24

Dans ce chapitre, on apprend que l'arme du crime est le pain rustique aux céréales.

Voici 5 expressions idiomatiques avec le mot « pain », pouvez-vous trouver la bonne traduction ?

1. avoir du pain sur la planche
a) to eat a cheese platter with bread
b) to be in a lot of pain
c) to have a lot of work to do

2. pour une bouchée de pain
a) for a bread butcher
b) for a small price
c) for a kiss

3. se vendre comme des petits pains
a) to sell fresh out of the oven
b) to sell like hotcakes
c) to be a bit of a pain to sell

4. une personne bonne comme du bon pain
a) a person you could eat if you had to
b) a nice person
c) a person you can't trust

5. long comme une journée sans pain

a) a day of fasting

b) a very long day

c) a gluten-free day

CONCLUSION

Un peu plus tard dans la soirée, une coupe de champagne à la main, j'explique à l'inspecteur Janot comment j'ai pu savoir que madame Delarue avait tué madame de Clergerie.

Le matin du crime, j'ai entendu Madame Delarue parler d'une villa sur la côte d'Azur. Une maison qu'elle voulait absolument acheter !

Après quelques recherches, j'ai découvert que madame Delarue avait déjà signé un contrat pour acheter cette belle villa dans la ville d'Antibes. Une villa de 2 millions d'euros ! Il fallait donc vendre le château très vite.

— Nous connaissons maintenant le motif du crime ! dit l'inspecteur. Mes policiers ont aussi trouvé des graines de tournesol dans les estomacs des canards. Bravo madame Hunt ! Vous nous avez vraiment aidés pour cette enquête.

— C'était un plaisir, dis-je flattée.

L'inspecteur Janot s'approche un peu plus de moi. Il me prend la main.

— Madame Hunt ? dit-il en me faisant un baise-main.

— Inspecteur Janot ?

Ma coupe de champagne est presque vide et j'ai la tête qui tourne un peu.

— Inspecteur Janot ? je répète.

— Madame Hunt, dit-il.

L'inspecteur me regarde dans les yeux.

— Madame Hunt, nous avons besoin de femmes comme vous dans la police nationale française. Est-ce que vous aimeriez rester avec nous au commissariat ? Je peux vous aider à obtenir un visa de résident permanent si vous le voulez.

Je termine ma coupe de champagne.

— Madame Hunt, dit-il, nous avons vraiment besoin de femmes comme vous dans la police nationale française.

— Je suis très honorée, Inspecteur Janot. Mais malheureusement je ne peux pas. Je dois retourner travailler dans ma bibliothèque. Vous savez, j'ai du pain sur la planche à Houston !

FIN

I would love it if you could leave a short review of my book. For an independent author like me, reviews are the main way that other readers find my books. Merci beaucoup !

MURDER AT THE CASTLE

CHAPTER 1

I've been at the library since 9am. I didn't have time to eat breakfast before leaving for work, and I'm hungry.

A young woman places two books and her library card in front of me. She is young. She's maybe twenty. She's wearing a black T-shirt and her arms are covered in tattoos.

"How long can I borrow these books?" she asks me.

"You can borrow them for five weeks."

She smiles at me.

I read the titles of the two books. They're two cookbooks: *The Best Recipes from New Orleans* and *Traditional Recipes of Quebec*.

My stomach starts singing. I'm really hungry.

"Do you like to cook?" I ask her.

"I love to," she says.

I give her back her books and her card.

She thanks me. She puts her books in her backpack and leaves the library.

After this young woman, there's a man who places three books in front of me. This man must be around seventy. He's very tall and thin. His hair is white and cut short. He wears reading glasses on the tip of his nose.

"Do you have your library card?" I ask him.

"Of course," he replies.

While he looks for his card in his wallet, I look at the books he wants to borrow.

I read the titles: *Life in The Versailles Castle*, *The Most Beautiful Castles in the Loire,* and *The Extraordinary Castles of France.*

"These books are very interesting," I tell him.

My supervisor, Mrs. Blinkers, asked me to talk a little with the people who borrow books from the library.

"Alice, you need to be friendlier and smile more," she often tells me. "You need to ask questions and take an interest in the lives of people who still read books on paper! They need to feel at home in the library."

I think she's afraid our library will disappear. More and more people are borrowing e-books directly from the website.

"Do you like castles?" I ask him.

"Yes, very much. I'd like to buy a castle in France," he says.

"Buy a castle in France??" I repeat. "That's crazy!"

I see a lot of characters come through the library. Characters and sometimes even a little crazy...

CHAPTER 1 EXERCISE

Alice works in a library. She's very lucky. She can read many interesting books.

Can you find the correct translation of these words?

1. un marque-page:
c) a book mark

2. un bouquin (familier):
a) a book (slang)

3. emprunter:
b) to borrow

4. une nouvelle:
a) a short story

5. lire en diagonale:
a) to skim, to read quickly and superficially

CHAPTER 2

"I have a passion for castles," adds the man in front of me, "and especially French ones."

"I understand. They're very beautiful!"

"Ever since I was a child," he says, "my dream has been to own a castle in France."

Buy a castle in France and why not the Eiffel Tower too! Of course, I don't say anything. It's not my role to destroy his dreams and his illusions.

I place his library card under the small scanner to the right of my computer. The scanner reads the barcode and immediately afterwards, a text on my computer screen appears in red. This man has overdue books!

I quickly read the text in front of me. My smile disappears and I look at the man sternly. I hate people who return their books late.

"Sir, you have two books that are late."

"Really?" he asks, surprised.

"And you owe the library $16."

This man wants to buy a castle in France. He should start by paying what he owes the library!

"I must have forgotten those books in my Manhattan apartment. I spend every summer in New York. It's too hot in Texas. Can you give me the titles of the overdue books, please, ma'am."

"Just a moment. I'll take a look."

While I'm typing on my computer keyboard, the man pulls out a $20 bill from his wallet.

Of course, my computer decides to go on strike at this point. I press the keys on my keyboard, but nothing happens. My keyboard stops responding. The City of Houston really needs to increase its library budget!

While I'm trying to revive my computer, the man is doing stretching exercises in front of me. Hands to the sky...Hands behind his back... This man is crazy, for sure!

After a few seconds, my computer screen finally displays the titles of the overdue books. I start reading them aloud.

"Here we go, the overdue books are: *Retirement in France* and *Home Ownership in France.*"

There's definitely a theme in the books this man likes to read.

CHAPTER 2 EXERCISE

The City of Houston needs to increase its library budget. With more money, libraries will be able to buy new computers.

Alice has difficulty working with her old computer.

Finish the following sentences with the correctly written adjective. And if you have time, you can translate the sentences.

1. Les livres sont **intéressants**.
1. Books are **interesting**.

2. La bibliothèque est **ouverte** tous les jours sauf le dimanche.
2. The library is **open** every day except Sunday.

3. Tous les soirs, je lis un **bon** livre avant de me coucher.
3. Every night, I read a **good** book before going to bed.

4. Les ordinateurs de la bibliothèque sont **vieux** et **lents**.
4. The library computers are **old** and **slow**.

5. Alice aime les **bons** bouquins.
5. Alice likes **good** books.

6. Tu préfères lire des romans **français** ou des nouvelles **françaises** ?
6. Do you prefer **French** novels or **French** short stories?

CHAPTER 3

On the library card, I read Mr. Robert Mapp. I hand it to him. He puts the card back in his wallet.

"Is the book *Retirement in France* interesting?"

"I found a lot of useful information in this book."

"Do you often travel to France, sir?"

"Quite often. In fact, my wife Tina and I are leaving soon for France."

"Really? How long will you be gone?"

"We're leaving for a week."

"Do you speak French?"

"A little. Not very well. My daughter, who studied French at university, is going to help us."

I can feel the eyes of my manager, Mrs. Blinkers, stabbing into my back like knives. She thinks I'm talking too long with this man. I can imagine her saying to me, "Alice, I didn't ask you to talk for an hour with each person."

It's no big deal. I keep talking to this gentleman, because the subject interests me. I like everything to do with France. And I too would like to retire in France.

"Where exactly are you going in France?" I ask, my voice a little higher than my normal one.

I have a bad habit of getting high-pitched when I'm jealous.

"We're going to the Loire-Atlantic region. We're traveling especially to visit a castle near the city of Nantes".

"Really!?" I say in a mezzo-soprano voice.

"I found a fifteenth-century castle for sale. The owner invited us for a few days to help us make our decision."

"You've found a fifteenth-century castle!?" I repeat in a castrato voice.

"No problem. You know, there are around 45,000 castles in France, and many of them are up for sale because their owners can no longer afford all the necessary renovations. These castles are not very expensive. For example, the one we're interested in is on sale for just 2,378,597 euros."

I think this man must either have a lot of money or be completely insane.

I'm beginning to dream. If I had two or three million, I'd …

"ALICE HUNT!!! ALICE HUNT!!!"

Janet Blinkers' voice brings me back down to earth. A line has formed in front of my desk. There are now eight people waiting.

The man hands me the $20 bill.

"It's to pay for the overdue books. It's $16, isn't it?"

"That's right. Would you like to donate four dollars to the library?"

"No," he replies. "Not today."

This man is cheap. I give him back four dollars and the three books he wants to borrow today.

He thanks me.

And before I see him exit through the library's automatic doors, I shout to him:

"I speak French, you know. If your daughter can't come with you, I'd be happy to."

"It's a deal. I'll think of you," he said before disappearing.

Why on earth did I say that? I've only known this man for 10 minutes!

CHAPTER 3 EXERCISE

In this chapter, Alice meets a man who is about to leave for France to buy a castle.

Guess the five words using these definitions.

1. Quand on arrête de travailler, on prend sa **retraite**.
1. When you stop working, you **retire** [literally, take your retirement].

2. Elle contient 7 jours. C'est une **semaine.**
2. It has 7 days. It's a **week**.

3. Un homme qui n'aime pas dépenser son argent, c'est un radin.
3. A man who doesn't like to spend his money is **cheap**.

4. L'épouse du roi, c'est la reine.
4. The king's wife is the **queen**.

5. Dire les choses deux fois, c'est répéter.
5. To say things twice is to **repeat.**

CHAPTER 4

A FEW WEEKS BEFORE WE LEAVE FOR FRANCE

Mr. Mapp returned to the library. He put his books down in front of me. I immediately recognized the three books: *Life in The Versailles Castle*, *The Most Beautiful Castles in the Loire*, and *The Extraordinary Castles of France*.

"My daughter had an accident on the ski slopes in Aspen, Colorado. She broke her foot. She can no longer come with us to France."

"That's too bad," I said.

"My wife and I are looking for someone who speaks French to accompany us."

I did my best to remain calm. I scanned his books one by one with the detachment of a jaded librarian.

"You're looking for someone who speaks French to accompany you?" I repeated. "It's going to be very difficult to find someone at the last minute."

"I know," he said sadly.

"Maybe it would be easier to wait. When your daughter is back on her feet, she'll be able to accompany you."

"Not possible. We've waited long enough. The owner of the castle sent us an email yesterday. He wrote that a Chinese family was seriously interested in the chateau as well as a Russian family. We've decided to leave next week. We don't want the chateau to pass us by."

Without realizing it, I stroked the cover of the book on the castles of the Loire.

"Would you like to come with us?" he asks me. "With your experience as a librarian, you could research the castle's history."

"I don't know what to say..."

"All your expenses will be paid: airfare, transportation, food..."

"Let me think about it..."

I was a little afraid to leave with strangers, but it was the perfect opportunity. In my head, I counted up my vacation days. I had maybe five days left.

"My wife Tina would be very happy if you came with us. Please say yes."

"I agree to go with you, but..."

"Fantastic!"

"But my manager, Mrs. Blinkers, must authorize my trip."

"I'll take care of your manager," he says.

I showed him my manager, Mrs. Blinkers. She was coming out of the bathroom. He approached her slowly.

I watched them from afar, keeping my fingers crossed.

Mrs. Blinkers shook her head no several times. She also put her hands on her hips. In short, it was clear. She categorically refused to let me leave.

Then I saw Mr. Mapp reach into his jacket pocket. He pulled out his checkbook.

Moments later, he handed Mrs. Blinkers a check.

Mrs. Blinkers read it. She smiled and shook Mr. Mapp's hand.

That's how Mr. Mapp became one of the library's biggest donors that year, and how I was able to go to France!

CHAPTER 4 EXERCISE

Mr. Mapp proposes that Alice come to France. Alice agrees. She will accompany Mr. and Mrs. Mapp.

In these lists, find the adjective that isn't a synonym of the other adjectives:

1) content / heureux / satisfait / **anxieux**
1) content / happy / satisfied / **anxious**

2) calme / **étonné** / serein / tranquille
2) calm / **surprised** / serene / tranquil

3) méchant / hostile / **poli** / haineux
3) mean / hostile / **polite** / hateful

4) passionné / **ennuyeux** / enthousiaste / exalté
4) passionate / **boring** / enthusiastic / elated

5) triste / malheureux / misérable / **coupable**
5) sad / unfortunate / miserable / **guilty**

CHAPTER 5

Why did I agree to accompany Mr. and Mrs. Mapp to France? I don't even know them. Maybe they're criminals, crooks or thieves! I think I may have accepted their invitation a little too quickly.

At home, on my computer, I did some research on Mr. Robert Mapp and Mrs. Tina Mapp.

Here's what I found on Mr. Mapp:

Mr. Mapp is 72 years old. He is the founder of Lomatec, a pharmaceutical company specializing in drugs for diabetes, cholesterol, asthma, hypertension, arthritis and sexually transmitted diseases. Mr. Mapp is retired, but remains on the Lomatec board of directors.

Mr. Robert Mapp has created a non-profit to support the arts in Houston. He is a major donor to the opera houses in Dallas, Austin and Houston.

Mr. Mapp owns a 7,000-square-foot house in Houston and a 3,000-square-foot apartment in Manhattan. His Texas home is worth $8 million and his New York apartment is valued at around $7 million. Mr. Mapp drives an electric pickup truck. The vehicle's license plate reads DRUG RICH.

(Note to self: despite his dollars, Robert Mapp continues to borrow books from the library. He must be stingy).

Mr. Mapp's hobbies include tango dancing and playing dominoes.

Mr. Mapp has been married three times. His first two marriages lasted less than two years.

In 2011, Mr. Mapp met Ms. Tina Pills. And they were married in 2012. Tina is Robert's third wife.

Here's what I found out about Mrs. Mapp:

Tina Mapp is 53 years old. She was a tango teacher but stopped after she married Robert Mapp. Today Tina is an influencer on Instagram. She has over 12,000 followers on her account. She posts a lot of travel photos. On her latest post, she's posing in front of Niagara Falls.

Tina Mapp drives a red Maserati. The license plate on the car reads: DRUG BTCH.

Mrs. Mapp's favorite hobbies are swimming and knitting. She also volunteers for animal rights and protecting the Amazon.

I'm not quite sure what to think of Mr. and Mrs. Mapp...

Yesterday, I received a Houston-Paris plane ticket, a Paris-Nantes train ticket and a little letter thanking me for taking part in this trip.

I have to pack soon. I'm wondering what people wear in a castle. Should I bring an evening dress? Why not? I'll see if I can find a nice, inexpensive evening dress in the thrift store next to my house.

CHAPTER 5 EXERCISE

In this chapter, we get to know Mr. and Mrs. Mapp better. For example, Mrs. Mapp has an Instagram account and Mr. Mapp loves to play dominoes.

What about you? Do you like playing dominoes?

Do you know the answers to these five questions about dominoes?

1. Which country invented dominoes?

a. Poland

b. Portugal

c. China

2. How many pieces are there in a domino game?

a. 48

b. 38

c. 28

3. How many pieces does a player have at the start of the domino game?

a. 6

b. 7

c. 8

4. What is the origin of the word "domino"?

a. Dominican habit (white robe and black cape)

b. Domino's Pizza restaurants

c. A boy called Domi to whom his mother often said No

5. The dominoes were the inspiration for ... ?

a. Braille

b. Polka dot socks

c. The traffic circle

CHAPTER 6

Our plane lands at Roissy-Charles de Gaulle airport at 7.45 am. We pass through customs without a hitch. And we follow the signs to the train station.

At 11 a.m., we board the TGV 3591 bound for Nantes. We are in seats 571, 572 and 573, car 11.

Lulled by the train's movements, Mr. Mapp falls asleep immediately.

Mrs. Mapp looks at him with tenderness.

"He's so calm and peaceful when he sleeps. I love watching him sleep. Bob looks like a baby. Don't you think? He's so cute."

I glance at her husband. He's snoring. His head is resting against a small travel cushion. A trickle of drool is coming from his mouth.

"It's true, he's very cute," I say with a touch of irony in my voice.

"When you look at him sleeping like that," she says, "it's hard to imagine that he could be an angry man who'll do anything to get what he wants."

Tina Mapp's eyes are blue, almost green. She's a very elegant woman. She's wearing black pants and a beige sleeveless shirt. I notice her arms, muscular from years of swimming, tango and knitting.

"What Bob wants, Bob gets," she adds.

Mrs. Mapp takes a phone out of her bag and starts taking photos out the train window. The train passes through a rural landscape. Far away, we see cows and an old farm.

"Alice, I'd like to thank you," she says, hidden behind her phone. "It's really very kind of you to accompany us on this trip."

"It's really my pleasure, Mrs. Mapp."

"Please, call me Tina."

Tina Mapp is now taking photos of the train's interior: the seats, the headrests and even the chewing gum stuck under her armrest.

"My subscribers love my travel photos. They feel like they're traveling with me."

"Really?" I say, surprised.

I'm not interested in her photos or her followers, but I want to be polite.

"What's the name of your Instagram account?"

"My Insta account is simply called @LoveTinaMapp. I have..."

She opens the app on her phone.

"I now have 12,341 subscribers... Wait... no 12,338..."

I guess not everyone likes pictures of chewing gum.

Tina Mapp continues to shoot with her camera. I can see the huge diamond on her ring finger reflected in the dirty train window.

CHAPTER 6 EXERCISE

Tina Mapp thinks her husband is very cute when he sleeps. Can you conjugate the verb "dormir" (to sleep) in the present, past and future tenses?

Présent

je dors

tu dors

il, elle dort

nous dormons

vous dormez

ils, elles dorment

Passé composé

j'ai dormi

tu as dormi

il, elle a dormi

nous avons dormi

vous avez dormi

ils, elles ont dormi

Futur

je dormirai

tu dormiras

il, elle dormira

nous dormirons

vous dormirez

ils, elles dormiront

CHAPTER 7

Tina Mapp lovingly places a small blue blanket on her husband's legs. He gives a little grunt of contentment and immediately goes back to sleep.

I recognize the blanket. It's the one that was handed out on the plane during the Houston-Paris flight.

"I can't stop stealing these little blue blankets," she says. "They're so practical. I have a dozen at home."

Faced with my silence, she continues:

"I can take them, can't I? Air travel is so expensive. I'm not the thief, it's the airlines!"

Looking out of the window, I notice that the landscape has changed. At first, the landscape was flat and monotonous, but now it's more hilly.

"Do you know Nantes?" she asks me.

"No, not at all. This is the first time I've been there."

"What cities have you visited in France?"

"I've only visited Paris. I'm in love with Paris. For me, it's the most beautiful city in the world."

I don't immediately notice that a man is standing next to my seat.

"Tickets, please!" he said in a loud voice.

Tina and I jump with surprise. On his head, the man wears a cap bearing the letters SNCF.

I look in my bag and give him my train ticket. Tina also takes her ticket and her husband's out of her bag. The ticket inspector scans the QR code printed on each ticket.

"Do you have Mr. Mapp's discount card?" asks the controller.

"Just a minute," she replies, looking into her bag again.

Because Robert Mapp is over 60, he can surely take advantage of a discount on public transportation.

"Thank you, ladies," says the ticket inspector before leaving to check the other passengers in the car.

Tina Mapp and I remain silent for the rest of the trip.

Mrs. Mapp continues to take hundreds of photos. And all the while, I'm watching the landscape go by at over 290 kilometers an hour.

CHAPTER 7 EXERCISE

In this chapter, Alice, Mr. and Mrs. Mapp take the train. A ticket inspector arrives and checks their tickets.

Noun: The controller
Verb: to control

Find the verb that corresponds to the following nouns:

Noun: cusinier, the cook
Verb : cuisiner, to cook

Noun: le jardinier, the gardener
Verb : jardiner, to garden

Noun: le sculpteur, the sculptor
Verb : sculpter, to sculpt

Noun: le peintre, the painter
Verb : peindre, to paint

Noun: le bricoleur, the do-it-yourselfer/handyperson
Verb : bricoler, to tinker, to do some DIY

CHAPTER 8

"We're arriving at Nantes station," says the controller. "Last stop. Everyone disembark. Repeat. We are arriving at Nantes station. Last stop. Everyone disembark. Make sure that you haven't forgotten anything on the train."

Mrs. Mapp gently taps her husband on the knee.

"Honey, wake up. We've arrived."

Mr. Mapp opens one eye and then the other. He yawns, scratching his head.

"I slept well. Where are we?"

"We're in Nantes. A cab driver is waiting for us in the station," says Mrs. Mapp. "The castle is an hour's drive from Nantes station."

We drag our suitcases off the train. I'm very tired. I've hardly slept since we left Houston.

In the station, a man is holding a small sign that reads Mr. and Mrs. Mapp. He's wearing a jacket, cap and tie. He looks very professional.

We approach him. He looks at us, smiling.

"Mr. and Mrs. Mapp?"

"Hello," I say. I'm Mrs. Alice Hunt. I'm accompanying Mr. and Mrs. Mapp."

"Welcome to Nantes," he says. "Did you have a good trip?"

"We had a very good trip," I reply.

The man takes Mrs. Mapp's suitcase and gestures to us to follow him. We leave the station. We walk to a small parking lot where half a dozen cars are parked. It's raining a little. The sky is gray.

The man stops in front of a white car, a Peugeot. He opens the rear door to let Mrs. Mapp in, then walks around the car to let me into the vehicle. He then opens the front door for Mr. Mapp.

Finally, the driver puts our three suitcases in the trunk and settles behind the wheel.

"Let's hit the road," he says, starting the car.

I notice that he hasn't asked us to confirm where we are going. I find this a bit odd, but I'm so tired I don't think about it for very long.

"Do you live in Texas?" he asks.

"Yes, we live in Houston, Texas," I answer.

Next to the driver, I can see Mr. Mapp. He fell asleep immediately, lulled by the car's movements. What luck!

CHAPTER 8 EXERCISE

The cab driver's car is a Peugeot. Peugeot is a French car brand.

Here are four questions about French cars. Do you know the answers?

1. Which of these car brands is not French?
a. Renault
b. Citroën
c. Fiat

2. What is the Peugeot logo?
a. A rooster
b. A lion
c. A rabbit
d. A turtle

3. Which of these 5 words is not part of the car vocabulary?
a.A steering wheel
b. A windshield
c. A trunk
d. A headlight
e. A book

4. Peugeot is famous for its cars, but also...

a. for its socks

b. for its pepper mills

c. for its croissants

CHAPTER 9

"Are there things to visit near the castle?" I ask the driver.

"No," he says. "It's a very quiet area."

"Is the castle isolated?"

"The castle is very, very isolated," replies the driver.

At this point, we take a narrow road through a dark forest.

"There's nobody here. It's the perfect place for a meth lab," Mrs. Mapp says to me, laughing.

I laugh with her, but the truth is, I'm a little worried.

What if Mr. and Mrs. Mapp were the heads of a drug ring? Mr. Mapp works in the pharmaceutical industry. It would be child's play for him to start that kind of business. I'll keep an eye on them!

I look out the window. We are now driving through fields of sunflowers. The rain has stopped. It's sunny outside and the sky is blue.

After more than an hour on the road and 186 traffic circles, I'm feeling sick and need to go to the bathroom.

"Are we almost there?" I ask the driver.

"We'll be there in a minute," he says. "Look..."

Indeed, we pass through a huge iron gate. The car rolls gently down a small private road lined with plane trees. And after a few minutes, here we are in front of the castle.

"Welcome to the castle!" says the driver.

We get out of the car. Mrs. Mapp puts on her sunglasses. Mr. Mapp, who is now awake, massages his lower back.

"It's so beautiful," she shouts, pulling the phone out of her bag. "Look, Bob!"

But Bob doesn't hear her. He's doing some stretching exercises. The poor guy is over two meters tall. Between the plane, the train and the car, he needs to move around a bit.

"Follow me," says the driver. "I'll bring your bags later."

We follow the driver. We climb a few stone steps. He opens a large wooden door. We enter. The three of us remain silent. It's so beautiful I forget about my bladder.

"Superb," says Mr. Mapp, looking around.

"Fantastic," adds Mrs. Mapp.

The driver then takes off his jacket, cap and tie. He hangs them on the coat rack in the hallway and turns to us.

"Welcome to the castle," he says a second time. "I'm Mr. Delarue, the owner of the castle."

CHAPTER 9 EXERCISE

After a long journey, the American couple and Alice have finally arrived at the castle. Can you finish these sentences with the correct verb?

1. Monsieur Mapp **est** émerveillé par le château.
1. Mr. Mapp is amazed by the castle.

2. Madame Mapp **met** ses lunettes de soleil.
2. Mrs. Mapp puts on her sunglasses.

3. Le chauffeur **peut** apporter les valises plus tard.
3. The driver can bring the suitcases later.

4. Après ce long voyage, Alice et madame Mapp **sont** fatiguées.
4. After this long trip, Alice and Mrs. Mapp are tired.

5. Monsieur Mapp **s'endort** très facilement.
5. Mr. Mapp falls asleep very easily.

CHAPTER 10

Mr. Delarue, the castle's owner, was our chauffeur!

"The castle is very expensive to maintain," he explains. "There's always something to repair: a broken window, a fallen tree in the park, a leaky roof... My wife Colette and I have to do odd jobs to pay the bills."

Now I understand why Mr. Delarue wants to sell the castle. Maintaining and renovating a residence like this costs an arm and a leg.

Out of the corner of my eye, I see Mr. Mapp tapping the walls with his hand.

"Is it a load-bearing wall?" asks his wife.

"I don't think so," he replies.

“We could break this wall and make a large room.”

At the far end is a large stone fireplace.

The walls are covered with antique tapestries depicting hunting scenes. There are also a few paintings of figures in formal wear or military uniforms.

“That's one of my ancestors,” says Mr. Delarue proudly, pointing to the painting on the right of the mantelpiece. “Perhaps the most illustrious of my ancestors. Marshal Honoré de Clergerie. He fought for Napoleon.”

“Who is this person?” asks Tina Mapp, pointing to a painting on the left of the mantelpiece.

It's a portrait of a young woman in an evening gown. She doesn't seem very happy about posing for this painting. Her eyes are as blue as lapis lazuli.

“That's my aunt, Mrs. Anémone de Clergerie. She was 18 in this painting. Now she's 98. You'll meet her at dinner. She can't see very well and she's almost deaf, but she's still alive. She's hanging on, the old goat!”

Mr. and Mrs. Mapp take a closer look at the chimney.

“Darling, do you think there's room for our big TV in here?”

Mr. Mapp tries to estimate the length of the chimney.

"I think our TV is about fifteen feet long...So that's perfect. But the problem is going to be drilling the stone to hang it."

The Texan couple are already imagining themselves in this castle. They've only been here 20 minutes and they've already broken down a wall and installed a TV in the living room. They're sure to want a pool, a Jacuzzi and a basketball court!

"We absolutely must bring Jack Johns, our designer, in here," says Mrs. Mapp. "He's always full of original ideas..."

Mrs. Mapp's mouth is open and her eyes are horrified. A woman has just entered the living room. She's holding a long knife in her hand.

CHAPTER 10 EXERCISE

In this chapter, Mr. and Mrs. Mapp imagine themselves living in the castle. Can you conjugate the verb "s'imaginer" (to imagine oneself) in the present and past tenses?

Présent
je m'imagine
tu t'imagines
il s'imagine
nous nous imaginons
vous vous imaginez
ils s'imaginent

Passé composé
je me suis imaginé
tu t'es imaginé
il s'est imaginé
nous nous sommes imaginés
vous vous êtes imaginés
ils se sont imaginés

CHAPTER II

What a horrible sight!

The woman in front of us holds a long knife and her hands are covered in blood.

"This is Colette, my wife," says Mr. Delarue.

"Hello," she said, smiling. "Welcome to the castle!"

Colette Delarue has short, gray hair. Her eyes are a deep black. She is the same height as her husband, but more muscular.

"I wasn't expecting you so soon," she says. "I'm cooking. I'm making my famous rabbit pâté. I've got a list of orders as long as a day without bread."

I notice now that Mrs. Delarue's kitchen apron is also covered in blood.

“My wife sells her pâtés in chic grocery stores in France. She's won several gastronomic awards! She's a true Cordon Bleu.”

“Stop it, darling. You're going to make me blush. Our guests must be tired.”

It’s true, I’m barely awake. I'd also like to go to the bathroom and maybe even take a hot shower.

“Show our guests to their rooms,” says Mrs. Delarue. “I'll finish in the kitchen. Then I'll prepare dinner. We'll meet in the dining room at 7pm. OK?”

“With pleasure,” says Tina Mapp.

We follow Mr. Delarue down a long corridor. Then we came to an imposing marble staircase. We climb to the second floor. We cross another corridor and turn left. This castle is a real labyrinth.

“Exactly how many bedrooms are there in the castle?”

“There are exactly 12 bedrooms. And each bedroom is named after a French king or queen.”

“That's very interesting,” says Mrs. Mapp.

"Here," he said, opening the door to a room as yellow as the sun, "is the Louis XIV room. The next room is called François 1er."

"That's very interesting," repeats Mr. Mapp.

We keep walking.

"This is your room, Mr. and Mrs. Mapp," he says, opening a door.

The room is blue. On the bed is a blanket decorated with fleur-de-lis. A wood fire is burning in the fireplace.

"I'll bring your bags to you in two minutes," says Mr. Delarue.

"That's very kind!" says Mrs. Mapp.

"What's the name of the room?" asks her husband.

"This is the room of Henri IV, a king much loved by the French. He was a large figure of a king, both figuratively and literally. So there's a very large bed in this room. I think it will be perfect for you."

We let Mr. and Mrs. Mapp settle into their room. Mr. Delarue now turns to me.

"Your room is just across the hall," he says. "This is the Marie-Antoinette room."

"Marie-Antoinette! Isn't that the queen who died on the guillotine?"

CHAPTER 11 EXERCISE

Alice sleeps in the Marie-Antoinette room. Do you know the answers to the questions about this queen of France?

1. Marie-Antoinette was married to which king of France?

a. Louis XIV

b. Louis XVI

c. Napoleon

2. Which castle did Marie-Antoinette live in?

The Palace of Versailles

The Vaux-le-Vicomte Castle

The Fontainebleau Castle

3. How many children did Marie-Antoinette have?

3 children

4 children

1 child

4. What was Marie-Antoinette's nickname?

The Spaniard

The Austrian

The Pole

5. How did Marie-Antoinette die?

She died on the guillotine.

She died of old age.

She died of food poisoning from raw milk cheese.

CHAPTER 12

Mr. Delarue promises that I can sleep soundly.

"You can sleep like a baby [literally: sleep on your two ears], Mrs. Hunt. No one ever died on the guillotine in the Marie-Antoinette room," he laughs.

I'm a little reassured, and I ask him another very important question.

"Is there a bathroom in the room?"

"Of course. The bathroom is behind that little white door," he points out.

"I'm so relieved. I was afraid I'd have to cross the corridor to get to the bathroom."

"Don't be afraid!"

Above the fireplace is a large mirror with a gilded frame. Two pillows embroidered with the letters M and A lie on the bed. A vase filled with flowers sits on the bedside table. On the ceiling, a large crystal chandelier provides soothing light. This room is truly refined.

"I'll bring your suitcase in five minutes, Mrs. Hunt," he says before disappearing.

As soon as I hear him walk away, I rush to open the little white door. I have to pee so bad. Behind the door, I find a small bathroom and a miniscule toilet. Unlike me, I think Marie-Antoinette must have had a very small bottom!

Two minutes later, I leave the bathroom. I'm tired from the long journey and collapse on the bed. Ouch! I cry out in pain. The mattress is as hard as old dry bread. It's horrible. This mattress must date from the fifteenth century!

I now notice that there's a window opposite the bed. Lying on my back with a cushion under my head, I can see the entire castle grounds. The oak and chestnut trees are so tall they must be a hundred years old. In the center of the park, there's a small lake with a dozen ducks. It's very bucolic.

I switch on my cell phone. Reception is not good in my room. I've only got one bar of signal. I might have better luck in the castle's living room or kitchen.

It's already 6:30 pm. It's almost time for dinner.

Someone's knocking on my door.

"Yes?" I ask. "What is it?"

"It's your suitcase, Mrs. Hunt. Shall I leave it in the hallway?"

"Yes. Thank you very much, Mr. Delarue."

"You're welcome, Madam."

I drag myself out of the bed. I open the door and bring in my suitcase. I have to get ready for tonight. I put the suitcase on my bed and open it. For this first dinner at the castle, I choose to wear a black silk shirt and gray linen pants. I also wear a white pearl necklace and gold earrings. Very classy!

This is the first time I've dined in a castle. I'm really lucky.

CHAPTER 12 EXERCISE

Alice settles into her pretty bedroom. She's a little worried, because the mattress is as hard as dry bread.

Look at these five sentences. Find the place of the adjective. Is it before or after the noun?

1. Alice a apporté une **grande** valise.
1. Alice brought a large suitcase.

2. Dans la salle de bain, il y a de **petites** toilettes.
2. In the bathroom, there are small toilets.

3. Monsieur et madame Mapp vont dormir dans une chambre **bleue**.
3. Mr. and Mrs. Mapp will sleep in a blue room.

4. Madame Delarue tient à la main un **long** couteau.
4. Mrs. Delarue is holding a long knife.

5. Le château est un **vrai** labyrinthe.
5. The castle is a real labyrinth.

CHAPTER 13

I leave my room at 6:55 pm. I pass the Henri IV room. Through the door, I can hear Mr. and Mrs. Mapp. It sounds like they're arguing.

"I told my Instagram followers that we owned this castle. They're going to think I lied to them. This is going to be the end of my Instagram account."

"But my darling, don't worry. I promise we're going to buy this castle!"

I move closer to hear better. At the same moment, their door opens and Mr. and Mrs. Mapp emerge from their room. I find myself face to face with them.

"Are you hungry?" I ask them.

"I'm starving," says Mrs. Mapp, surprised to see me right outside their door. "Our room is very nice. I'm so glad. I love this castle. I've been taking lots of pictures for my Instagram account!"

Mr. Mapp says nothing. He looks preoccupied.

He's wearing a tuxedo with a bow tie. His wife is wearing a long, shiny dress. They are dressed like it's a gala evening at the Metropolitan Opera.

We try to find the grand marble staircase. Unfortunately, it's all dark. We can't find the switches to turn on the lights in the corridor. So we have to use the lights on our cell phones to see a little better where we are going.

Mr. Mapp takes advantage of the situation to open every door in his path. We take a quick peek into a green room, a purple room and a red room filled with strange objects...

"They must be instruments of torture," says Mr. Mapp, rubbing his hands together.

"Please stop, Bob," says his wife. "I'm scared. And you can't open every door like that. It's not polite."

A little further on, we find ourselves in front of a staircase, but it's not the one we took to get to our rooms. This staircase only goes up. It only goes to the top floor. We're looking for a way down, as the kitchen, living room and dining room are on the ground floor.

“We're lost!” cries Mrs. Mapp.

“But no, it's this way, I'm sure,” says Mr. Mapp, heading off to the right.

“We need a compass,” I said, half-joking.

It's now 7.10pm. For 15 minutes we've been walking through the corridors.

“This floor of the castle is a real maze,” I said. “I hope we aren’t going to stay here all night.”

“It reminds me of the story of a man found mummified in a house in Houston,” says Mr. Mapp.

“Be quiet, Bob, please. You're giving me goosebumps,” says his wife.

“Don't be afraid, darling. Mr. Delarue will surely realize we're gone,” says Mr. Mapp. “He'll come looking for us. Look, I see someone coming.”

Suddenly, at the end of the corridor, we see a white silhouette.

“My God, a ghost!” shouts Mrs. Mapp.

CHAPTER 13 EXERCISE

Mrs. Mapp is scared. She's got goose bumps (in French, literally chicken flesh, *la chaire de poule*). There are many expressions with the word "poule" in French. Can you find the right definition for these idiomatic expressions?

1. être une poule mouillée
a) to be afraid

2. se coucher avec les poules
c) to go to bed early

3. quand les poules auront des dents
c) when pigs fly

4. une poule n'y retrouverait pas ses poussins
b) you can't find anything

5. une poulette
a) a young woman

CHAPTER 14

The white silhouette comes toward us. It moves forward without making a sound. It's as if it's floating in the air.

"My God! A ghost!" repeats Mrs. Mapp, hiding behind her husband.

The figure gets closer and closer. We now notice that it's not a ghost, but an old lady dressed all in white.

"Good evening, I'm Mrs. Anémone de Clergerie," she says, holding out her skeletal hand.

Poor Mr. Mapp doesn't know what to do with this little hand. Should he kiss her hand? Or should he shake her hand and risk breaking it?

He's looking for his wife, but she's still hiding behind him. I decide to help him. After all, I've got to try and make myself useful. That's why I've been invited.

"We're delighted to make your acquaintance, Mrs. de Clergerie," I say, gently taking her hand in mine.

Tina Mapp decides to step out from behind her husband. She's reassured. This old lady really isn't scary. She's so small she probably dresses in the clothes of a 6- or 7-year old.

I smile at Mrs. de Clergerie.

"My name is Alice Hunt and this is Mr. and Mrs. Mapp. We live in Houston, Texas."

She looks us up and down in silence.

"We met your nephew today, I say. He picked us up at the station. It was very kind of him."

"My nephew is an imbecile," she says.

"We also met his wife."

"My nephew's wife is an imbecile too," said the old woman curtly.

Anémone de Clergerie quickly turns around and starts walking.

"Follow me. We're late for dinner."

"We're sorry," I said. "We got lost in this big castle."

We follow Mrs. de Clergerie in silence. We take a long corridor, then another, then a staircase. We enter a small room. The walls are decorated with numerous swords. In one corner, there's a large suit of medieval armor.

"This is my great-great-great-great-great-grandfather's armor. He fought against the English with King Charles VII."

"What was your ancestor's name?" asks Mr. Mapp.

"His name was Duke Henri de Clergerie."

"It's very interesting," says Mrs. Mapp, taking a dozen photos of the armor.

Her followers on Instagram will love it.

Mrs. de Clergerie looks at the American with disgust. She continues her story.

"When the duke returned home after the war, he learned that his cousin Roland had tried to sell the castle while he was away. Henri was so angry that he killed Roland with a single sword blow to the skull! They weren't joking around in this family."

I wonder if Mrs. de Clergerie is trying to tell us something with this story?

CHAPTER 14 EXERCISE

In this chapter, we meet Mrs. Anémone de Clergerie. The old woman tells the story of her ancestor, Duke Henri de Clergerie.

In the castle's archives, we found an old letter. It was written by Duke Henri de Clergerie to his cousin Roland. The duke, probably tired from the fighting, unfortunately made five spelling mistakes. Can you find them?

Here are the spelling mistakes **in bold**:

> Mon **chère** cousin,
>
> Je rentre de la guerre dans quelques jours. **J'est** hâte de te voir, de voir ma femme et surtout mon château. Je rêve de dormir dans **m'a** chambre. J'ai fait la guerre depuis trop longtemps.
>
> Les Anglais veulent envahir notre beau pays. Ils veulent manger tous nos **bon** fromages. Je les comprends car les fromages anglais sont vraiment atroces.
>
> À bientôt, mon cousin. Merci encore d'avoir pris soin de mon château et de ma femme pendant **ma** absence.

Duc Henri de Clergerie

Here are the corrections:

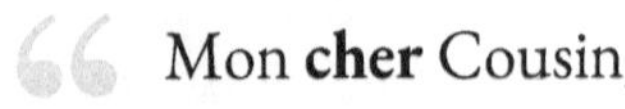

Mon **cher** Cousin,

Je rentre de la guerre dans quelques jours. **J'ai** hâte de te voir, de voir ma femme et surtout mon château. Je rêve de dormir dans **ma** chambre. J'ai fait la guerre depuis trop longtemps.

Les Anglais veulent envahir dans notre beau pays. Ils veulent manger tous nos **bons** fromages. Je les comprends car les fromages anglais sont vraiment atroces.

À bientôt mon cousin. Merci encore d'avoir pris soin de mon château et de ma femme pendant **mon** absence.

Duc Henri de Clergerie

And here is the translation:

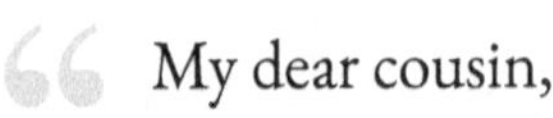

My dear cousin,

I'll be back from the war in a few days. I can't wait to see you, my wife, and especially my beautiful castle. I dream of sleeping in my room. I've been at war too long.

The English want to invade our beautiful country. They want to eat all our good cheeses. I don't blame them. English cheeses are really atrocious.

See you soon, my cousin. Thank you again for looking after my castle and my wife while I was away.

Duke Henri de Clergerie

CHAPTER 15

We enter the dining room. Mr. Delarue is watching the logs burn in the fireplace. He's lost in thought. Colette, his wife, checks that nothing is missing from the table.

The old woman stands in front of her nephew.

“I found your Americans,” said Mrs. de Clergerie to her nephew.

Mr. Delarue looks up.

“Oh, there you are! I was getting worried.”

“We got lost,” I say. “Fortunately, we met your aunt. She's charming. She saved us!”

"You met my aunt? That's wonderful!" he says, falsely cheerful.

Tina Mapp takes her phone out of her bag and takes photos of the plates on the table.

"These plates are magnificent!" she shouts enthusiastically. "What era are they from?"

"They're plates from Ikea," replies the old lady curtly.

Colette Delarue places a carafe of water and a bottle of wine in the center of the table.

"You must be starving, right? I hope you'll like what I've cooked."

"I'm sure we will," I say. "It smells so good."

Mr. Mapp lets himself fall into a chair with a big sigh of relief.

Anémone de Clergerie gives him a horrified look.

"Bob!" said his wife, looking at him sternly. "You have to wait until you're invited to sit down. You must respect good manners."

Bob gets up immediately.

"I'm sorry," he apologizes.

“No problem,” says Mr. Delarue, who comes to his rescue. “You must be tired.”

“I'm very tired,” replies the American, his eyes downcast like a little boy who's done something naughty.

“Sit here,” said Mr. Delarue, pointing to a chair. “And you, Mrs. Mapp, on my left, and Mrs. Hunt, to the right of my aunt.”

Everyone takes their places around the table. Mrs. Anémone de Clergerie sits up very straight. Her face is stern. She seems perpetually angry. I don’t dare move. I watch our hosts' movements to see what the right thing to do and not to do is. Mrs. Delarue gets up from the table.

“I'll get the duck and potatoes,” she says.

“Duck again,” says Anémone de Clergerie. “We eat duck every day!”

I wonder if it's one of the ducks in the park we'll be eating tonight, but I don't say anything.

“My wife cooks duck very well. You'll see, it's delicious.”

“When I was young,” says Mrs. de Clergerie, “we had staff to cook and serve at the table. But today, it's misery.”

“You're exaggerating, Auntie!”

"This castle is in ruins," she adds angrily, "but I'll never sell it. It's been in the de Clergerie family since the fifteenth century."

Mrs. Delarue arrives from the kitchen with the duck.

"Calm down, Auntie," says Mr. Delarue. "It's not good for your heart."

"I'll never sell this castle... especially not to English people nor Americans!"

CHAPTER 15 EXERCISE

Everyone is seated at the table. It's dinner time at the castle! Of course, since we're in a castle, you'll need to know good manners.

Here are 5 questions to find out if you know good manners.

1. Each person has three glasses of different sizes. Should the red wine be served in the largest glass?
Faux. On sert le vin rouge dans le verre de moyenne taille. Le verre le plus grand est pour l'eau et le plus petit est pour le vin blanc.
False. Red wine is served in the medium-sized glass. The largest glass is for water and the smallest is for white wine.

2. In France, do we usually eat dessert with a fork?
Faux. On mange généralement son dessert avec une petite cuillère.
False. We usually eat our dessert with a teaspoon.

3. Do we burp at the end of a meal to show that we've eaten well?
Faux. On ne rote jamais à la fin d'un repas. Le rot silencieux caché dans une serviette est autorisé.

False. We never burp at the end of a meal. Silent burping hidden in a napkin is permitted.

4. Is it polite to take a second helping of cheese?
Faux. Reprendre deux fois du fromage c'est dire que l'on n'a pas assez mangé pendant le dîner.
False. Taking a second helping of cheese means you haven't eaten enough for dinner.

5. When you're not eating, should you put your hands under the table?
Faux. En France, on garde toujours les mains au-dessus de la table.
False. In France, we always keep our hands above the table.

CHAPTER 16

For dinner, we had duck with potatoes, a salad, various local cheeses, and a delicious apple pie.

"Let's go into the living room," Mr. Delarue suggests to us, after placing his napkin on the table. "We'll be able to talk more calmly."

"Okay," says Mr. Mapp.

We get up from the table.

"It's getting late. I'm going to bed," says Mrs. Anémone de Clergerie.

"Good night. See you in the morning," says Mrs. Delarue, relieved to see the old lady go to her room.

We follow Mr. and Mrs. Delarue into the living room.

The walls of the room are covered with tapestries like the ones I've seen at the Museum of the Middle Ages in Paris. On these tapestries I can see dragons, unicorns, and two-headed lions. In one corner, there's also a large bookcase. It's full of old books. I'll take a closer look tomorrow. To the right of the bookcase, there's a small cabinet with bottles of spirits.

We sit on the sofa.

"Would you like a cognac?" asks Mr. Delarue.

"Or herbal tea?" adds Mrs. Delarue.

"A cognac is a good idea," replies Mr. Mapp.

"A cognac for me too," replies his wife.

"Herbal tea for me, please," I say.

The sofa is very comfortable, and I really want to sleep. It's going to be hard to keep my eyes open. Mr. Delarue pours the cognacs.

"I have a question," says Mr. Mapp, after taking a sip of his cognac.

"I'm listening, dear friend," says Mr. Delarue.

"I'd like to know who owns the castle: you and your aunt Mrs. de Clergerie?"

Mr. Delarue coughs a little. He's obviously a little embarrassed.

"Yes, that's right. My aunt is only fifty percent owner of the castle."

Mr. Delarue coughs a little to clear his throat and continues.

"But my aunt is 92. She has serious memory problems and must go live in specialized housing for senior citizens. We've drawn up a medical file and the judge is going to give us full powers over her property."

The veins in Mr. Mapp's neck bulged at once.

"Shit! We made this trip for nothing!" he shouts. "You don't have the power to sell this castle!"

"My friend, my friend, don't get upset," says Mrs. Delarue. "We'll be able to sell you the castle very soon."

"With the judge, it's as good as done," adds Mr. Delarue to reassure us.

Mr. Mapp suddenly stands up.

"Mr. and Mrs. Delarue," says Mr. Mapp, very agitated, "I hope you'll find a quick solution for your aunt, otherwise *I* will find one. I promise!"

CHAPTER 16 EXERCISE

Mrs. de Clergerie is very old, and according to her nephew, she doesn't have a very good memory. And you? How is your memory? Among these ten words, there are two that were not used in chapter 16. (If you like, you can reread chapter 16 a second time).

1. a bookcase
2. herbal tea
3. **a shoe**
4. a unicorn
5. the veins in [a] neck
6. **a ring**
7. an apple pie
8. eyes
9. a sip of cognac
10. a towel

CHAPTER 17

The next morning, it's 9 o'clock when I meet Mr. and Mrs. Mapp in the dining room. They're drinking coffee and eating a brioche with fig jam.

"Did you sleep well?" I ask them.

"No, I didn't sleep well," replies Tina Mapp. "I dreamt that the castle was no longer for sale. Did you?"

"Me neither, I didn't sleep well," I reply. "My mattress is too hard. Plus, I don't know if I like the idea of sleeping in the Marie-Antoinette room. My neck's a bit sore this morning."

"Alice, you're the Princess and the Pea," jokes Mr. Mapp.

I grab a bowl from the table and a piece of brioche. Suddenly, there's a cold draft. Mrs. Anémone de Clergerie enters the dining room. She's wearing a red shirt and red pants. Her hair is tied back, but two rebellious strands are sticking out of her bun. She really looks like a little devil.

"Good morning, ma'am," says Mr. Mapp, rising from his chair. "Can I get you some coffee?"

Mr. Mapp really is trying to be polite. I've got to hand it to him.

"If I want a coffee, I can help myself," she says dryly. "I'm not completely senile and helpless yet."

Contrary to what her nephew says, Mrs. de Clergerie appears to be in perfect physical and mental shape.

Mrs. de Clergerie pours herself a coffee and puts a piece of brioche in the pocket of her pants.

"I prefer to have breakfast alone. I'm going for a walk in the park," she says.

"Have a nice walk," says Mr. Mapp.

"Thank you," she replies. "I'll see you at lunch."

A few minutes later, Mrs. Delarue appears in the dining room. She's wearing a kitchen apron and has a little flour in her hair.

"Hello," she said in a clear voice. "Do you like the brioche?"

"It's delicious!" I tell her.

"Now I'm going to make *pain perdu*. It's one of my specialties. Would you like to come into the kitchen to watch me cook?"

Mrs. Mapp and I are flattered to be able to observe this exceptional cook.

"With pleasure," I say.

"What is *pain perdu*?" asks Mrs. Mapp.

We enter the kitchen. I think the castle kitchen is as big as my apartment in Houston. Tina Mapp pulls out her phone and starts shooting.

"My subscribers will love it. It's too cute," she says, snapping a dozen photos of the sink.

In the center of the kitchen, there's a long wooden table. On this table, Mrs. Delarue has placed two loaves of farmhouse bread, milk, eggs, sugar, vanilla and a little cinnamon.

"The loaves are as hard as a rock," says Mrs. Delarue, grabbing one of the two loaves on the table. "I'm going to put this one in a mixture of milk, eggs and sugar. It will soften slowly."

Fifteen minutes later, Mrs. Delarue cooks the slices of bread in a frying pan with lots of butter. The kitchen smells of cinnamon.

The three of us sit around the table. We taste the *pain perdu*.

"It's really delicious," I say. "I could have eaten the other loaf too!"

"The other stale bread is no good for making *pain perdu*," says Mrs. Delarue.

"Really? Why?" I ask her, surprised.

"It's a rustic bread with sunflower seeds," she says. "I'm going to use it for something else."

Mrs. Mapp takes several photos of her plate.

"Is *pain perdu* the same thing as French toast?" she asks us naively.

CHAPTER 17 EXERCISE

In this chapter Alice, Tina and Colette are in the kitchen. They're making French toast.

Find the right translation for these words about bread and bread-making.

1. un meunier
a) a miller

2. de la levure
c) yeast

3. une miette
a) a bread crumb

4. une croûte
c) bread crust

5. un trognon
b) an end piece

CHAPTER 18

I'm in my Marie-Antoinette room when I hear a knock on the door.

"Alice ??"

I open the door. Mrs. Mapp quickly enters my room. She's very pale.

"What's going on?"

"I've lost 5,972 subscribers. It's horrible!"

"Lost? Where?"

"On Instagram, of course! 5,972 subscribers unsubscribed from my account."

I understand a little better what she means.

"But your subscribers love your photos of the castle. Could it be a software problem? I'm sure there's an explanation."

We sit on my bed. Through the window in the distance, I see a small red shape moving at the far end of the park. I figure it's Mrs. de Clergerie feeding brioche to the ducks. She's such an unpleasant person that ducks must be her only friends.

"Tell me all about it," I ask Mrs. Mapp.

"I looked at my account on Instagram on my way back from breakfast," says Ms. Mapp. "I saw that I had lost almost 6,000 followers."

I try to get her to put the problem into perspective.

"There are worse things in life! It's not the end of the world! It's not a big deal!"

"Yes, it's a big deal," she adds. "I don't know what to do! 6000 subscribers! That's huge. That's almost half of my subscribers. Almost fifty percent. What am I going to do?"

I'm looking for a way to take her mind off it.

"Let's take a walk in the park, shall we? The fresh air will do us good and we'll probably find a solution!"

We leave my room. We go down the stairs. We pass the room with Duke Henri de Clergerie's suit of armor. We cross the dining room. I now know the castle like the back of my hand.

I touch my hand to Mrs. Mapp's arm.

"Shhh. I hear someone."

We strain our ears to listen. Voices are come from the living room.

"We're going to sell the castle, darling, I promise," says Mr. Delarue.

"I'm tired of living in this old castle. I want to sell it right away," shouts his angry wife. "I've found the perfect villa on the Riviera. We absolutely must sell the castle as soon as possible!"

CHAPTER 18 EXERCISE

What a shame! Tina has lost 6000 (six thousand) followers on Instagram. Can you write the number of these subscribers in full and without mistakes?

mille cinq cent trois (1503)

six mille huit cent douze (6812)

cinquante-six (56)

neuf mille deux cent trente-quatre (9234)

mille cent sept (1107)

PS: Today, I have one thousand five hundred and forty-seven followers on my Instagram account. If you want to see my Instagram account, it's @books.in.easy.French.

CHAPTER 19

In the sky we can see large grey and black clouds coming.

"It's going to rain," says Mrs. Mapp.

"I should have brought an umbrella," I said.

On our right, there's a vegetable garden. We decide to walk that way. I'm no expert, but I easily recognize a few vegetables: peas, potatoes, carrots and cabbages.

"Look how beautiful these vegetables are!"

"My husband and I don't like vegetables," Tina tells me. "When we own the castle, we're going to replace the vegetable garden with a big Olympic-size swimming pool. It's the ideal location."

I think it's a shame to make a wonderful vegetable garden disappear, but I don't say anything. After all, I'm not the next owner.

Now we walk towards the park and the small lake.

"Are you going to put any animals in the park? Goats? Sheep?" I ask her.

"That's a great idea! I thought of bringing two or three Longhorn cows from Texas."

Raindrops begin to fall on our heads.

"I love walking in the rain," says Mrs. Mapp. "In Texas, it's always warm and dry. Rain is so nice."

She takes my arm and we continue walking through the park arm in arm like two friends.

"You always have good ideas, Alice."

"Thank you, Tina."

"So," she says, "how can I get back the Instagram followers I've lost?"

I'm thinking.

"Maybe you could adopt a small dog and take its picture in the various rooms of the castle?"

"I don't like dogs. They're fleabags."

"Maybe you could prepare some French recipes in the castle's kitchen?"

"Pfft. It's been done a thousand times before."

"Maybe you could wear luxury gowns in the castle's various rooms?"

"I don't think that's a very original idea."

I have to admit that Mrs. Mapp is starting to get on my nerves a bit. But I don't say anything. I breathe to calm myself.

"Your ideas aren't modern enough," she tells me. "They're not Instagram-ready."

Mrs. Mapp looks me straight in the eye.

"To get more followers on Instagram, Alice, you need to shock. You need a scandal, a big scandal or even better... a murder!"

CHAPTER 19 EXERCISE

Mrs. Mapp criticizes Alice for not being very modern. Here's a list of words often used in the 80s. Find their meaning.

1. une boum
b) a party

2. se faire un cinoche
b) to go see a movie

3. lâche-moi les baskets
a) leave me alone

4. être flagada
a) to be tired

5. un falzar
b) a pair of pants

CHAPTER 20

According to Mrs. Mapp, I'm not modern enough! I've heard enough nonsense for today, so I'd rather go back to the castle. I leave Mrs. Mapp alone in the park.

"I'm going to look at the books in the bookcase," I tell her. "I hope I'll find an interesting book on the history of this castle!"

"All right, Alice," she says. "I'll stay here and take some pictures. With this rain, the light is very interesting."

I pass in front of the vegetable garden and cross the terrace. I open the door and enter the corridor.

I look in the kitchen. No one's there. I think of the delicious French toast we had this morning and my mouth waters.

Further on, in the living room, I see Mr. Mapp standing. He's looking at his phone.

"I'm going to try to find information on the history of this castle," I tell him, to explain why I'm in the room.

He says nothing. He doesn't look up from his phone. He's focused on his screen.

I head for the bookshelf. I read the titles of the various books in front of me: *The Clergerie Family Yesterday and Today, The Castle Across the Centuries, Legends and Superstitions in the Middle Ages* ... I grab the book entitled *The Castle Across the Centuries*. I think I'll find a lot of interesting information in this book.

Mr. Mapp looks preoccupied.

"Is everything all right?"

"Not really," he says.

"What's going on?"

"I received an email from my banker after our breakfast. He's done some research on the castle and the Delarue family."

"Oh?" I ask. "What did he find?"

Mr. Mapp looks at his phone.

"What did he find?" I repeat.

"He found that the castle's one and only owner is Mrs. Anémone de Clergerie. Only she can sell the castle. The Delarues will not own the castle until after Mrs. de Clergerie's death."

Mr. Mapp drops onto the sofa.

"Mr. and Mrs. Delarue lied to us! They are not fifty percent owners."

I try to give him some encouragement.

"Maybe you can talk to Mrs. de Clergerie," I say. "Maybe you can make her an offer she can't refuse."

Mr. Mapp removes a small green feather stuck to his shoe.

"It's already done! I went to talk to her in the park. That old goat isn't interested! Unfortunately, we'll have to return to Texas without the castle."

I leave Mr. Mapp alone with his despair. I put the book back in the bookcase and silently leave the living room.

In my room, I start to gather my things when suddenly I hear someone shouting in the garden. I look out the window. I see Mrs. Mapp waving her arms. I open the window.

"What's going on, Tina?" I ask her.

"Help! Help! It's terrible!"

Near the lake, I see a little red thing lying motionless on the ground. A little red thing, lifeless, surrounded by ducks.

"Shit!" I scream. "It's Mrs. de Clergerie."

CHAPTER 20 EXERCISE

Mr. Mapp has discovered that Mrs. de Clergerie is the sole owner of the castle. There aren't *several* owners, there's *one* owner.

Singularize these plural sentences.

Example:
Books are important objects.
The book is an important object.

Les fromages anglais ne sont pas bons.
English cheeses are not good.
Le fromage anglais n'est pas bon.
English cheese isn't good.

Les canards nagent dans les lacs.
Ducks swim in lakes.
Le canard nage dans le lac.
The duck is swimming in the lake.

Les chevaux sont gentils.
Horses are nice.
Le cheval est gentil.
The horse is nice.

Elles aiment lire les journaux.
They like to read newspapers.
Elle aime lire le journal.
She likes to read the newspaper.

Les châteaux sont difficiles à entretenir.
Castles are difficult to maintain.
Le château est difficile à entretenir.
The castle is difficult to maintain.

Ce ne sont pas des canards sauvages.
They're not wild ducks.
Ce n'est pas un canard sauvage.
It's not a wild duck.

Ces histoires sont amusantes et intéressantes.
These stories are fun and interesting.
Cette histoire est amusante et intéressante.
This story is fun and interesting.

Mes livres sont excellents.
My books are excellent.
Mon livre est excellent.
My book is excellent.

CHAPTER 21

WHO KILLED MRS. DE CLERGERIE?

An hour later, Mrs. and Mr. Delarue, Mrs. and Mr. Mapp and I are sitting on the sofa in the living room.

A policeman is standing in front of us.

"Hello," he begins, "I'm police inspector Janot. I'm in charge of the investigation."

"Good morning, Inspector," says Mr. Delarue.

"As you know, Mrs. de Clergerie was found dead this morning in the castle grounds."

"She was found next to the little lake, to be precise," I say.

The inspector stops walking abruptly.

“Mrs. Hunt,” he said. “You'll speak when it's your turn. For now, I'll do the talking!”

“I'm sorry,” I said.

The inspector is a small man with a big belly and a Hercule Poirot-style moustache. He starts walking around the living room as he talks.

“So, Mrs. de Clergerie was found dead beside the little lake. There was blood on her head. The killer probably knocked the old lady unconscious. But I haven't found the murder weapon yet...”

We look at him in silence.

“I haven't found the murder weapon yet,” he repeats, “but I've got two policemen looking everywhere. And I have high hopes of finding it.”

He looks us one by one in the eye.

“I have high hopes of finding the murder weapon,” he repeats. “I also believe that the murderer or murderess is among you!”

Then he lets out a scream and starts running in the direction of the bookcase and the rare books.

“Here's what's really interesting,” he says, stroking his belly.

I think he's going to choose the book on the de Clergerie family from the bookcase, but he doesn't. He opens the small cabinet to the right of the bookcase. In the cabinet are a dozen bottles of spirits. He grabs a bottle of whisky. He puts his nose over the neck of the bottle.

"My God, this whisky smells fabulous. Will you allow me to pour myself a glass, Mr. Delarue?"

"Make yourself at home," says Mr. Delarue.

"Thank you, that's very kind. I just can't resist. I love whisky!"

The inspector pours himself a generous glass of alcohol and returns to us.

"So," he says, "the murderer or murderess is surely among you. Mr. Delarue, could you start by telling me in detail your actions this morning?"

CHAPTER 21 EXERCISE

The inspector believes that the **murderer** or **murderess** is among the people in the castle.

Write the feminine of the following words:

Ex. un meurtrier, **une meurtrière**
a murderer, a murderess

1. un ami, **une amie**
1. a friend

2. un chanteur, **une chanteuse**
2. a singer

3. un acteur, **une actrice**
3. an actor, an actress

4. un policier, **une policière**
4. a policeman, a policewoman

5. un voleur, **une voleuse**
5. a thief

6. un canard, **une cane** (la femelle du canard)
6. a drake, a hen (female duck)

7. un chef, **une cheffe**

7. a boss

8. un chien, **une chienne**

8. a dog, a bitch

CHAPTER 22

Inspector Janot takes a sip of whisky and repeats:

"Mr. Delarue, can you describe your morning in detail?"

"It's quite simple, Inspector. I woke up at 6:30 in the morning. I start every day with a jog in the park."

"It's a good habit. I should do the same," said the policeman, rubbing his belly.

"Then I had breakfast with my wife."

The inspector takes another sip of whisky.

"What time did you have breakfast?"

"I don't know exactly, maybe eight in the morning," replies Mr. Delarue.

"And then what did you do?"

"Then I took the car and went to the post office. The village post office opens at 9 a.m. I sent my aunt's medical file to Judge Alphonse Dupuis. Then I returned to the castle."

"And what did you do after you came back?"

"I went to my room with my wife and we stayed there for a while."

I don't know if I should tell the inspector about the discussion I overheard this morning between Mr. and Mrs. Delarue. They were both angry with the old lady and her refusal to sell the castle.

"Mr. Delarue," asked the policeman. "Mrs. de Clergerie was your aunt. Who do you think had an interest in seeing her dead?"

"It's obvious, it's him! Mr. Mapp!" says Mr. Delarue, pointing to the American.

Mr. Mapp rises from the couch.

"You're talking nonsense!" he shouts.

Both men are now on their feet. They are ready to fight. The inspector tries to separate them.

"Gentlemen, gentlemen," he says, "calm down!"

Mr. Delarue looks at the inspector.

"Mr. Mapp was very angry when he learned that my aunt didn't want to sell the castle. He asked me to find a solution quickly, otherwise he'd find one. I think it was he who killed my beloved aunt."

"You're lying," says Robert Mapp.

Mrs. Delarue starts talking.

"I think the murderer is Mrs. Mapp."

"And why is that?" asks the astonished policeman.

Mrs. Delarue thought for a moment.

"This morning I heard Mrs. Mapp crying because 6,000 followers had disappeared from her Instagram account. And later in the morning when I went out to pick radishes in the vegetable garden, I heard Mrs. Mapp say, 'To get more followers on Instagram, you need a big scandal or even better, a murder.'"

The inspector takes a long sip of whisky.

"A scandal or a murder?" he says. "Now there's something that's very interesting."

CHAPTER 22 EXERCISE

Mr. Delarue thinks Mr. Mapp killed his aunt. I don't know if he's right, but we're about to find out.

In the meantime, find the right verb for these sentences:

1. L'inspecteur **a bu** une gorgée de whisky.
1. The inspector **drank** a sip of whisky.

2. Monsieur Mapp **est** suspecté du crime de madame Anémone de Clergerie.
2. Mr. Mapp **is** suspected of the crime of Mrs. Anémone de Clergerie.

3. Les Américains **veulent acheter** un château en France.
3. The Americans **want to buy** a castle in France.

4. Je **sais** qui a tué la vieille dame.
4. I **know** who killed the old lady.

5. Madame Delarue **est allée** dans le potager.
5. Mrs. Delarue **went** to the vegetable garden.

CHAPTER 23

It's almost 4pm. We're still in the living room. The whisky bottle is now almost empty. And the inspector is as drunk as a skunk.

The murder weapon hasn't been found. We don't know who killed Mrs. Anémone de Clergerie. The investigation is going nowhere.

"It's been a long day," says Tina Mapp. "Can we talk about the murder tomorrow? I've got a headache."

"No way," said Mr. Delarue. "I want to know who killed my beloved aunt."

He almost has tears in his eyes.

"I'm a bit hungry," admits the inspector, looking at his watch. "Is there anything in the castle kitchen that I could eat? I think better on a full stomach."

I realize I'm hungry, too. My last meal was this morning. I only ate a slice of brioche and a piece of French toast.

"Let's go into the kitchen!" suggests Mrs. Delarue.

In single file, we walk towards the kitchen. We sit down around the large wooden table. Mr. Delarue places glasses, cutlery, plates and napkins on the table.

Mrs. Delarue rummages in the fridge.

"There's a bit of duck left, some potatoes from last night and a few pieces of cheese too," she says. "And I've also got a tin of rabbit pâté. Does that work for you?"

"Yes," we answer in chorus.

Mrs. Delarue puts the leftover duck and potatoes in the microwave for a few minutes. Mrs. Delarue places a cheese platter and the pâté in the center of the table.

"Do you have bread for the cheese?" asks the inspector.

"No, unfortunately there's no more," says Mrs. Delarue, "I've only got crackers."

Mr. Delarue uncorks a bottle of red wine.

I'm hungry as a wolf. I eat my meal without speaking. In less time than it takes to say it, my plate is empty.

Just then, two policemen knock on the kitchen door.

"Inspector, sorry to bother you, but we've searched the entire park and lake. We haven't found the murder weapon."

The inspector looks at them sternly.

"We'll resume the search tomorrow," he says. "You can go back to the station."

I look at the pieces of cheese in the center of the table. It's a bit sad to eat them without bread. Then, all of a sudden, I have a stroke of genius!

"Wait!" I shout to the policemen. "I think I know where the murder weapon is."

The inspector wipes his mouth with his napkin.

"Really?" he asks. "Where is it?"

I look at all the people sitting around the table.

"I'll explain it all to you over dessert."

"Is there dessert?" asks the inspector enthusiastically.

CHAPTER 23 EXERCISE

All the characters are in the kitchen. They're eating duck, potatoes and cheese.

Find the translations of these objects normally found in a kitchen:

1. un congélateur
a) a freezer

2. un évier
c) a sink

3. un torchon
a) a kitchen towel

4. un four à micro-ondes
b) a microwave oven

5. une hotte
b) a range hood

CHAPTER 24

There's total silence in the kitchen. All eyes are riveted on me.

I get up from the table.

"Here are the facts," I said. "Mrs. de Clergerie was knocked unconscious beside the lake. She was found dead, surrounded by ducks. And the murder weapon is nowhere to be found."

"She was found dead, knocked out and surrounded by ducks. Those are the facts," agrees the inspector.

"Where's the murder weapon?" I ask.

"We haven't found it yet," adds the inspector.

I walk towards Mrs. Delarue.

"This morning, when we made French toast, there were two very hard loaves on the table. There was the bread we used and a rustic sunflower seed bread we didn't use."

"That's true," says Mrs. Delarue. "You can't make French toast with rustic sunflower seed bread. There's no way!"

"She's right," adds the inspector. "There's no way!"

I place my hands on Mrs. Delarue's shoulders.

"Do you know where the rustic bread is now?" I ask the people around the table.

"No idea," replies the inspector. "I only see crackers here."

The others around the table don't respond, so I continue.

"I will tell you. The rustic sunflower seed bread is now in ducks' stomachs!"

"I don't understand!" says Mr. Mapp.

"Go get me one or two ducks," the inspector commands the policemen. "Quick!"

The policemen run out of the kitchen.

"I'm sure," I say, "you'll find sunflower seeds in these ducks' stomachs. Sunflower seeds are very hard to digest."

"That's true," says the inspector, stroking his belly.

I continue my explanation.

“I think that this morning Mrs. Delarue knocked out Mrs. de Clergerie with the rustic bread. The bread was dry and hard as a rock!”

“But how did the ducks manage to eat the bread if it was as hard as a rock?” asks the inspector.

“Remember that it was raining this morning,” I tell him. “Mrs. Delarue no doubt left the bread next to the victim. With the rain, the bread became soft and the ducks were able to eat it.”

CHAPTER 24 EXERCISE

In this chapter, we learn that the murder weapon is rustic grain bread.

Here are 6 idiomatic expressions with the word "bread", can you find the right definition?

1. avoir du pain sur la planche
c) to have a lot of work to do

2. pour une bouchée de pain
b) for a small price

3. se vendre comme des petits pains
b) to sell like hotcakes

4. une personne bonne comme du bon pain
b) a nice person

5. long comme une journée sans pain
b) a very long day

CONCLUSION

Later that evening, with a glass of champagne in hand, I explain to Inspector Janot how I came to know that Mrs. Delarue had killed Mrs. de Clergerie.

On the morning of the crime, I heard Mrs. Delarue talking about a villa on the French Riviera. A house she absolutely wanted to buy!

After a little research, I discovered that Mrs. Delarue had already signed a contract to buy this beautiful villa in the town of Antibes. A villa worth 2 million euros! The castle had to be sold very quickly.

"Now we know the motive of the crime!" says the inspector. "My officers also found sunflower seeds in the ducks' stomachs. Well done, Mrs. Hunt! You've really helped us with this investigation."

"It was a pleasure," I say, flattered.

Inspector Janot approaches me a little closer. He takes my hand.

"Mrs. Hunt?" he says, kissing my hand.

"Inspector Janot?"

My glass of champagne is almost empty and I'm feeling a bit dizzy.

"Inspector Janot?" I repeat.

"Mrs. Hunt," he says.

The inspector looks me in the eye.

"Mrs. Hunt, we need women like you in the French national police force. Would you like to remain with us at the police station? I can help you obtain a permanent resident visa if you like."

I finish my glass of champagne.

"Mrs. Hunt," he says, "we really need women like you in the French national police."

"I'm very honored, Inspector Janot. But unfortunately I can't. I have to get back to my library. You know, I have a lot on my plate in Houston!"

THE END

About the Author

France Dubin lives in Austin, Texas. She has taught French for more than ten years to students of all ages.

She decided to write books in easy French so that her students could read in French by themselves or with only a little help.

She loves to hear from her readers, and she enjoys speaking at French book clubs. Here are ways to keep in touch:

Send an e-mail to francedubinauthor@gmail.com.
Join her mailing list at francedubin.com.

instagram.com/books.in.easy.french
youtube.com/francedubin
facebook.com/FranceDubinAuthor
linkedin.com/in/francedubin

www.ingramcontent.com/pod-product-compliance
Lightning Source LLC
LaVergne TN
LVHW091126080826
845145LV00008B/2056

9781960003041